月夜涙
畫 れい亜
3
世界頂尖的暗殺者轉生為異世界貴族
The world's best assassin,
To reincarnate in a different world aristocrat
Kadokawa
Fantastic
Novels
U0026149

Contents

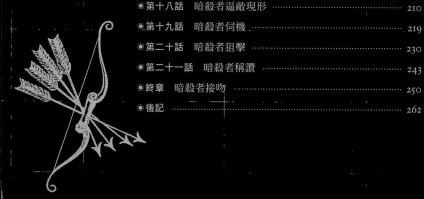

The world's best assassin,
to reincarnate in a different world aristocrat

世界頂尖的暗殺者轉生為異世界貴族 3

The world's best assassin,
To reincarnate in a different world aristocrat

月夜涙
畫 れい亜

Kadokawa Fantastic Novels

彩頁、內文插畫／れい亜

Prologue

序章 暗殺者相沿

The world's best assassin, to reincarnate in a different world aristocrat

學園停課，我們回到了圖哈德。

日前來自巨魔魔族的襲擊使得保護學園的屏障千瘡百孔，喪失了作為城寨的功能，因此必須火速修繕。

家長們開始鼓譟，照目前情況不能把小孩寄託給那樣的地方。

跟魔物戰鬥是貴族的義務。

然而城寨已毀，魔物大軍有可能進犯，要強迫貴族們把小孩送到那樣的死地便不合道理。

所以在屏障修繕完畢之前就決定讓學生們回家。

學生們提前兩個月放暑假而分散各地，我們三個也都回鄉了。

「盧各少爺，圖哈德果然好呢。」

「是啊，像王都那樣具藝術感又整齊的街容固然好，但我比較喜歡與自然同在的圖哈德。」

大豆田依舊是一整片。

乳液材料要用到的大豆銷得飛快，大豆田越墾越多。

從瑪荷那裡會定期接到報告，歐露娜的生意依舊順利。

即使魔物開始出現，化妝品營收仍未下滑，應該是因為城鎮沒有遭受嚴重損害。

但是，往後就不曉得了。

城寨已經被攻陷一座。

要是魔族增加讓連接城鎮的物流網喪失功能，景氣變差，嗜好品類需求減少應該是遲早會發生的事。

……實際上，藥品及武器類在最新的市場調查結果當中開始升值了。

歐露娜也不能始終保持現狀。我希望直接和瑪荷見個面，好跟她討論。

時間拖久了，及早因應就能處理的問題也會變得無法挽救。

「盧各，你又臉色凝重了呢。總覺得，你一直都好忙。」

「的確是這樣。不過，我付出的努力讓我得到了許多回報。」

因為我有貴族地位，因為我有與圖哈德暗殺者相襯的力量，因為我有巴洛魯商會的財力與情報力，才能把塔兒朵以及蒂雅留在身邊，過得無拘無束。

若是當作換取那些的代價，忙碌也不錯。

「你太有出息了啦。對我來說，會覺得你光是讓我幸福就分不出餘力的話，還比較讓人安心呢。」

「感覺盧各少爺無論娶多少個老婆都不是問題呢……」

「有女生陷入困境，他就會一個接一個地救。回神以後，人數會變得很可觀喔。」

「啊，蒂雅小姐說的那種狀況，感覺有可能發生。」

「妳們倆，到底把我當什麼了啊？」

的確，塔兒朵、瑪荷、蒂雅。我能跟她們三個相識實在太湊巧了。

不過從今以後，我並沒有懷著要幫助別人，再用相同形式邀對方入夥的打算。

正因為我曉得一個人能做的事情有限，才會尋求團隊與支援。

然而，團隊並不是越多越好。

人數多，雜音會跟著變大，讓溝通變困難。

讓塔兒朵和蒂雅當助手，並接受瑪荷支援。

這樣就夠了。

「哎，我相信你……塔兒朵還有之前你介紹給我認識的女生都ＯＫ。不過你要是再勾搭其他女生，我會生氣喔。」

「那、那個，我還有瑪荷小姐，跟盧各少爺並沒有那種關係──」

「妳們都希望能和他走到那一步吧？」

塔兒朵瞄了瞄我的臉。

「要、要說的話，是這樣沒錯。」

「那麼，我想你們是可以積極發生關係的啊。剛才我也說過，把塔兒朵當對象的話，我不會生氣喔。」

為什麼蒂雅要積極鼓勵我外遇啊？

我明明就無意染指蒂雅以外的女性。

恐怕是因為貴族的觀念在她心裡根深蒂固吧。

留下血脈對貴族而言是優先於一切的工作。

具備魔力者的人數正與軍力相關聯。

因此，多娶妻也是貴族的義務。

……遲遲生不出小孩的高階貴族，甚至會出錢向低階貴族借種或借腹產子。

對於這方面情事理解不多的塔兒朵滿臉通紅地低著頭。

「迎娶塔兒朵當我的第二個妻子」。

把這種可能性納入考量吧。假如我非得娶第二個妻子，對象若是塔兒朵，於我也有助益。

討貴族千金當老婆會招惹許許多多麻煩，還要考慮性格是否合得來。

不過，現在談這些嫌太早。

「等我們從學園畢業再說吧。」

「確實也是喔。」

「啊唔！要我跟……盧各少爺結婚……唔唔唔。」

就在東聊西聊時，我們穿過領地抵達屋邸，我牽著滿臉通紅僵住不動的塔兒朵下了馬車。

◇

打開屋邸的門。

下個瞬間，銀髮女子就撲了過來。

「小盧，歡迎回家！聽說有魔族出現，我一直在擔心，幸好你平安。」

「我回來了。魔族確實出現了，不過我並沒有涉險啊。勇者馬上就打倒敵人了。」

「你就會說謊！我都有聽說喔。是小盧你獨自深入敵陣，將魔族所在位置通報給勇者的。」

通報魔族位置一事我有向校方報告而未蒙混過去，因此似乎連老家都接到了消息。

這次迎戰魔族，首功者是艾波納，我次之。

倘若探查魔族位置未果，學園方面的戰力就疲乏不支了。

那天，我隻身潛入魔物大軍之中並找出魔族，發射信號彈將位置通報給勇者，還一直監視魔族直到勇者趕來，此事獲得了高度稱許。

有這種本領的人，縱使在那間學園也是用一隻手就數得完。

「王都已經來函通知，說近期內要頒發勳章給你。」

「那會不會太誇張啊？」

我從校長那裡得知了獲高度稱許一事，卻沒有聽說可以領勳章。

「受不了，頂多只有祈安跟你才會聽到勳章還一臉排斥喔。小盧，你真的跟祈安變得好像呢。」

圖哈德家是生存於暗處的家族，並不樂於浮上檯面。

這次魔族來襲，假如我不出力也沒問題，我便不會像這樣強出頭。

……更何況那不合我的性子。父親也屬於同類。

大概是因為我跟父親變得越來越像，母親感到開心，就更用力地摟住我，還把胸脯貼到我臉前。

由於不夠有料，感覺不是那麼舒服。

說真的，母親和蒂雅很像。維科尼的血統應該就是如此。

母親年輕得難以想像她的實際年齡。

跟我有婚約的蒂雅以年紀來說也顯得稚嫩，而且單薄。蒂雅肯定也會青春美麗永駐，相對地，胸脯或許就始終嬌小可愛了。

「盧各，你是不是用奇怪的眼光在看我？」

「我不懂妳在說什麼耶。」

蒂雅偶爾會很敏銳。

當我們談這些的時候，門開了。

「看來你到家了。」

父親來了。

父親的臉處於工作模式。

「是的，我到家了。」

他拉開母親，母親便低聲咕噥了一句「小氣」，還擺出幽怨的臉色。

母親平時並不會因為父親來了就放開我，但是當父親表現出暗殺世家圖哈德當家的舉止時，她絕不會干擾。

母親是個既可愛又我行我素的女性，卻也是圖哈德家的女人。

「先讓我誇獎你一句吧，做得好。能親近勇者博取其信賴，表現可嘉，首度與魔族交戰似乎也活躍得可圈可點。」

「我施展得太沒有保留了，非常抱歉。」

我對自己過度出風頭這一點賠罪。

「不，無妨。情況有變。對我們家來說，這樣也會帶來方便。」

不應招搖的暗殺世家也可以出風頭的狀況？

……也就是這麼一回事啊。

「這場仗可說是人類與魔族的首戰。因此，亞爾班王國希望將這次勝利大肆聲張，藉此鼓舞士氣。勇者大顯身手乃天經地義，欠缺震撼性。正因如此，有前途的年輕人立下了功勞就要多加表揚，而非獨厚勇者。頒發勳章將會有比平時更隆重的儀式，你要留意讓自己表現得宜。」

「是！」

單單一頭魔族就攻陷了國內貴族子弟齊聚的城寨，這可視為敗北，局面令人絕望。從中轉移注意力也是目的所在。

為此，只好拿突出的戰果充門面。

首當其衝的便是勇者，還有功勞次之的我。

會這樣安排有一定程度是在預料當中。

「還有，一旦前往王都，就會有形形色色的貴族來接觸，要拉攏成為英雄的你。小心別遭到利用。」

「好的，我也會注意。」

「我要交代的事情就說到這裡。」

父親大大地吸氣。

接著，他的臉從暗殺世家圖哈德的當家變成溺愛小孩的傻父母。

他在完全切換開關的狀態開了口。

「……你回來得太好了。艾思麗準備了大餐，我想聽你談談學園裡的事。」

「呵呵呵。小盧，媽媽煮了好多你愛吃的東西喔。烤鴨用的是特殊配方，還烤了好久沒做的莓果派。」

「那真是讓人期待。塔兒朵、蒂雅，今天的訓練改成用完餐之後好了。」

「好的，盧各少爺。」

「唔，盧各，至少今天讓我們休息嘛。餐後要訓練就不能喝酒了。」

塔兒朵和蒂雅也顯得期待。

儘管似乎有不少玄機在運作，還是趁現在享受剛到家的溫暖吧。

我在此生的世界學到了該享樂時就享樂，排解心靈的疲勞也是要緊事。

Episode1

第一話 暗殺者狩獵

The world's best assassin, to reincarnate in a different world aristocrat

久未回家的我過得可快活了。

家裡果然好。

晚餐療癒了我。

母親的菜並不算格外美味，但就是合胃口。

應該是因為我喜歡母親，而非從小吃那些菜長大的關係。

於是，隔天我就到山裡狩獵了。

這也不是為了答謝家裡昨天招待的大餐，不過我今天要下廚煮菜。

蒂雅也表示想吃我做的兔肉奶油濃湯，我便來尋找材料。

「妳的魔力和體力還撐得住嗎？」

「是的，勉強可以！」

到我常利用的狩獵場地要穿過深山野徑，途中還有猛獸的地盤，很是危險。

不像森林淺處那樣經人手修整得好走，而且光要前進就會消耗體力，還容易傷腿。

之所以在這種地方狩獵，是為了避免跟領民搶獵物。

領民中也有人靠狩獵維生，我不想干擾那些人。

不僅如此，還有另外幾項好處。

連獵人都不會涉足，代表有許多獵物。

在新環境狩獵，更會成為不錯的訓練。

以往我就是在這裡靠狩獵來鍛練。

「我發現亞爾特兔經過的痕跡了……盧各少爺，照這樣看來應該還沒有走遠。」

走險徑可以鍛鍊身法與體力，繃緊神經以免錯失野獸留下的些微蹤跡則可以鍛鍊注意力與集中力。

令人懷念。

塔兒朵走在我探過的路上。

她從亞爾特兔留下的些微蹤跡推敲出獵物位置，並且緊隨在後。

這次狩獵為了克服塔兒朵的弱點，我有給她兩道課題。

一是上山以後，要恆常將圖哈德之眼維持在發動狀態。

圖哈德之眼會持續消費魔力，除非具備【超回復】，否則當常態用很快就會累倒。

正因如此，非得保持以低功率發動的狀態才行。

透過長時間發動最基本的功率來學會拿捏魔力。

另一道課題，則是要使用新準備的武器。

塔兒朵使長槍已達堪稱一流的境界。

照這樣自然該以超越一流為目標，不過要變更強的捷徑就是並用新武器。

雖然這會偏離騎士或武術家的正途，但我們是暗殺者。

貪圖的唯有變強。

塔兒朵拔腿衝刺。

口中還唱誦蒂雅照其需求創出的魔法。

那是適用於暗殺的魔法。

「【風影】。」

塔兒朵原本擅用的是頂著風罩消除空氣阻力，一面減輕體力消耗，一面高速移動的魔法。

剛才發動的則是改編版。頂著風加速，同時那陣風還會抹消氣味與聲音，掩蓋掉動靜不讓獵物察覺。

只不過，聲音與氣味無法完全抹消。要完全抹消聲音與氣味，必須有細膩無比的操控。

這樣的話，魔法本身的唱誦難度將隨之提高，還有駕馭起來會變難。

正因為如此，才要把魔法本身簡化到一定程度，減輕運算的負擔，同時再以暗殺技術來彌補其不足。

用言語來講很容易，執行卻是困難的。

「身手不錯。」

亞爾特兔的聽覺和嗅覺異常靈敏。

既然可以從下風處逼近，又沒有被牠察覺，應該算及格。

我從略遠的位置顧著塔兒朵。

塔兒朵掀起了裙襬。

左大腿佩有拆解過的長槍，這次另一邊則佩了手槍及槍管。

那正是我交給塔兒朵的新武裝。

「連塔兒朵也能運用的【槍擊】。希望會順利。」

我和蒂雅用的【槍擊】有莫大缺點。

首先，【槍擊】得用上火屬性的爆炸魔法，只有一小部分的具備魔力者能用。

再者，若是靠琺爾石爆炸來發射子彈，只要預先把魔力灌入琺爾石，任誰都能使用，然而缺點是爆發力太強，為了承受爆炸就要讓武器大型化。

因此我研發了將琺爾石碾碎的粉末。

用這種形式就能以粉末量調節適當的威力。

塔兒朵用的手槍子彈裡填入了粉末，以手槍尺寸的牢靠度而言勉強承受得住。

塔兒朵拔出右腿上的手槍，把槍管裝到短槍身的槍上。

極近距離可以發揮短槍身好拔的優點，若是中長程就可以裝上槍管提高精準度。

塔兒朵灌注魔力，藉此讓珐爾石粉末一口氣進入臨界狀態而引爆。

子彈從手槍飛射而出，將亞爾特兔的腦袋轟得粉碎。

塔兒朵是用單手開槍射擊，不過這是具備魔力者有辦法強化體能才辦得到的事。

這玩意兒的威力比麥格農子彈高兩倍以上，即使是壯漢用雙手拿穩開火，也會被這匹悍馬震得往後退。

由於研發的槍是要用來殺具備魔力者，完工的槍械威力才會如此蠻橫。

「盧各少爺，我辦到了！我有把能吃的部分留下來。」

片刻前，訓練曾進展到獵取亞爾特兔的部分，卻因為子彈命中兔子的軀體中心，就轟得零零散散了。

要享用其美味，非得開槍掠過腦際。要先湊近到極限，並在那種狀態下保持冷靜，精準射擊才行。

這是為此所做的訓練，而塔兒朵達成了。

「做得好，妳合格了。那把槍的手感如何？」

「非常得心應手。可以連射到六發實在太棒了呢。」

扣下扳機，轉輪就會旋轉，讓下一顆子彈填上。

我交給塔兒朵的手槍是左輪式，子彈可以裝填到六發。

追求性能的話就不該選左輪手槍，用自動手槍會比較好。

然而，萬一膛炸可不成。

除了裝填的子彈，還要設置阻絕外來魔力的結構，採用左輪式較恰當。

「這樣啊，有不滿意的地方儘管說。這仍屬於試造品，是需要改良的。」

「好的！我想到就會逐一向少爺報告。不過，這真的好厲害，居然都不必唱誦，而且只要是具備魔力者，任誰都能用這使出威力高超的魔法。」

這把槍正如她所說，是將任誰都能使用的特性置於心頭。

……希望在將來倘若不靠琺爾石也弄得到高效能的火藥，立刻就可以造出名符其實地任誰都能用的槍械。

「把一切託付在一名英雄身上的時代遲早要完結。或許這把槍會擔起那份職責。」

我打趣地說。

過去，在中世紀歐洲是由槍械驅逐了騎士社會。

名為騎士的特權階級能被容許，是因為騎士們從小鍛鍊身體、學習劍術，以壓倒性強者身分稱霸於世，而且有力量保護農民所致。

不過，當槍械這種任誰都能輕易殺人的道具問世後，一切都瞬間改變了。

騎士們從小累積的鍛鍊在鉛彈前沒有任何意義，反而農民只要經過短短幾天訓練，就會成為連騎士都殺得了的存在。

騎士已不被需要，農民開始覺得讓人搾取是愚蠢的，騎士社會便告終了。

「盧各少爺打算把槍散播到全世界，了結現在的社會嗎？」

「目前我還沒有那麼打算啦。」

這個世界，不，這個國家的貴族勉強還維持著安定。

用不著特地撒下火種。

「我們差不多可以回去了。」

「好的，真期待盧各少爺做的奶油濃湯。奇妙的是即使學了食譜，我也煮不出像少爺那樣的味道，都會有些不夠味。」

奶油濃湯。

我小時候在這裡做過，不知不覺間就成了圖哈德名菜的一道料理。

在圖哈德的旅店會用這道菜款待旅客，旅客又將名聲傳到世界各地。

……到了近年，甚至有好事之徒來圖哈德領表示想品嚐道地的奶油濃湯。

「我可沒有用上什麼特殊的做法。」

「請讓我在少爺旁邊觀摩。今天我一定要解開祕密！」

塔兒朵鼓起了鬥志。這女孩喜歡烹飪多於行刺。

而我們閒聊歸閒聊，她仍手腳俐落地剝去兔子的皮、放血、完成解體，再用樹皮捆起來，從這些細節來看實在厲害。

回去以後立刻用塔兒朵獵到的兔子煮一頓美味的奶油濃湯吧。

塔兒朵今天賣力狩獵，得把最好吃的腿肉讓給她才行。

◇

晚餐開動。

今天的菜色有兔肉奶油濃湯和自家烘焙的麵包，此外還有急就章多做的另一道菜。

奶油濃湯是用兔骨與圖哈德山上的野生香菇曬乾後熬的湯頭，加上白醬燉煮而成。

湯料則是大量用上當季時蔬與兔肉。

「小盧做的奶油濃湯果真是絕品呢。兒子的滋味沁入脾胃。」

「媽，母親的滋味倒是常聽人說，但我沒聽過兒子的滋味這種表達方式耶。」

「可是，味道嚐起來就是只能這樣形容啊。呼，小盧好好吃喔。」

「這句台詞讓我覺得亂恐怖的就是了。」

母親含著奶油濃湯，露出滿面笑容。

「嗚嗚嗚，我希望自己起碼在廚藝方面要贏盧各少爺的……這樣子當專屬傭人的意義就……」

塔兒朵則是覺得好吃，卻一邊說著不甘心一邊啃起了帶骨的腿肉。

兔肉最美味的是彈性十足又滋味鮮美的腿肉，吃這塊肉是狩獵有成者的特權。

順帶一提，在學園以外的地方，即使是專屬女僕也不會跟主人一起用餐，塔兒朵往往都在我身後待命，但今天母親有嚴格下令要她跟我們一起吃。

昨天母親似乎把塔兒朵找去，還對她灌輸了不少想法，或許就跟那有關。

父親因為我獲頒勳章的事外出不在，母親使壞所需的環境已經齊全了。

「好懷念喔。我來當盧各的師父時，也有讓他煮過奶油濃湯。居然在那個年紀就能自創這麼美味的菜色，盧各從小就厲害得離譜呢。」

「我只是比較早熟罷了。還有，妳點的焗烤出爐了喔。」

「好耶！我最喜歡這道菜。」

平常我會在隔天用吃剩的奶油濃湯做焗烤，然而蒂雅說她無論如何都想吃，就張羅出來了。

在短而粗的義大利麵上淋奶油濃湯，再加上番茄醬與起司進爐烘烤就好，因此並沒有多費工夫。

「起司的濃郁滋味，還有番茄的酸味加進去以後，本來就已經很好吃的奶油濃湯又會進一步蛻變呢。」

蒂雅一臉陶醉地將義大利麵沾滿起司與奶油白醬吃。

塔兒朵吞了吞口水，因此我也把焗烤端到她面前。

……順便也端給看似幽怨的母親。

我沒有煮自己的份。

雖說為了讓剩下的奶油濃湯在隔天吃起來也不嫌膩，我會用番茄醬改換口味給人的印象，但味道仍是相似的。

把焗烤跟奶油濃湯擺到一塊品嚐難免會膩，何況奶油濃湯吃進肚子裡也夠沉了。

家裡這幾位女性能輕鬆清光盤底才教我稱奇。

「呼，大大地滿足。」

「盧各少爺，餐後由我來收拾。」

「我要回房間嘍。盧各，之後來找我。之前你委託的魔法分析完畢了。」

所有人各自散開。

我也到自己的房間工作吧。

之前委託蒂雅做的分析令人介意，我也還想改良試造的槍械。

塔兒朵側眼瞄著我。

那是她有所隱瞞時的舉動，以前準備生日禮物要給我驚喜時也是那種調調。

總之，目前先裝成沒發現好了。

我固然好奇母親對塔兒朵灌輸了什麼，但塔兒朵應該不會讓我為難才對。

Episode2

第二話 — 暗殺者訓斥弟子

The world's best assassin, to reincarnate in a different world aristocrat

我伸了懶腰。

由於飯後一直在自己房間做精密作業，肩膀僵硬。

看塔兒朵實際使用過以後，我正在對槍械進行細部改款。

威力與精度都已經讓人滿意，因此我著手改造的是裝彈方面。

從尺寸和魔力阻絕構造來考量，裝彈數的極限是六發，缺點在於子彈用完後必須一發一發地把子彈裝進去。

而且用來防止膛炸的魔力阻絕構造還使得這個步驟比普通左輪手槍更費工費時。

照現況的話，要在實戰中重新裝彈並不實際。

話雖如此，子彈改得好裝又會讓魔力阻絕構造的可靠度下滑。

「……換個想法好了。」

直接交換裝好子彈的整個彈倉，而非迅速裝彈。所謂便捷裝彈器的形式之一。

一般是用在自動手槍，然而左輪手槍要用也不是不行。

「像這樣吧。」

我把裝子彈的彈倉改成了拆卸式。

這樣就算在戰鬥中也能供彈。

材質強度的部分似乎也沒有問題。

要提到缺點，就是備用的彈倉會占空間。

「好，接著把我和蒂雅用的也做一做。」

我和蒂雅都會使用【槍擊】，不過改用事先準備好的槍可以快好幾倍。

無唱誦就能給予致命攻擊的優勢非常大。

此外，手槍尺寸要隨身攜帶也不會多礙事。

只不過，換成蒂雅就算強化體能，膂力也還是不及塔兒朵，所以將威力多少調低一些應該比較好。

我計算材質強度，逐步畫出設計圖。

調低威力給蒂雅用的手槍還可以稍微小型化。

這樣蒂雅比較方便攜帶，也方便使用才對。

當我投入設計圖面，時間一轉眼就這麼過去了。

「像這樣吧。」

夜也差不多深了。今天完成設計就好，明天再來鑄造。

我躺上床，就在意識逐漸遠離時，有敲門聲傳來。

「方便占用少爺一點時間嗎？」

是塔兒朵的聲音。

她這麼晚有什麼事？

「進來吧。」

我把危險的物品倏地收拾好以後讓她進房。

「打擾了。」

塔兒朵有幾分緊張，聲音在發抖。

看她進了房間，我差點糊塗地叫出聲。

「塔兒朵，妳穿成那樣到底是什麼意思？」

「我、我這樣穿，是有原因的。」

塔兒朵身上的裝束是白色薄紗睡衣。

衣料服貼，展露出塔兒朵發育良好的身體。

睡衣有些透明，而且今晚她沒有穿內衣。大概是用熱水清洗過身體，肌膚也顯得有些紅潤，嫵媚得讓人難以置信。

味道好香。

這股香味是歐露娜的新款香水，研發的人是我。

我按照客戶需求，研發了這款用來誘惑男人的貨色，成分當中就有那種藥效。

這應該只有發給定期會員才對。

……既然如此，我看幕後黑手是母親吧。為了定期跟瑪荷取得聯繫，母親是用歐露娜的定期會員做掩飾，奉送的化妝品也都有領到。

仔細一看，我對塔兒朵穿的睡衣也有印象。

以前母親曾說：「我要迷倒祈安，替小盧生個妹妹！」還把這件睡衣秀給我看。

而且已經配合塔兒朵修改過了。

「我大致能料到情況，但還是姑且問一句，媽到底對妳灌輸了什麼？」

「呃，那個，我是盧各少爺的助手，更是暗殺者。夫人說，女生在體能上比男人遜色，就要靠女生的武器來彌補才行，所以，她要我過來，讓少爺鍛鍊那方面的技巧。夫人還說，在那方面伺候主人也是專屬女僕的職責……她說無論身為暗殺者或身為女僕，我就是應該跟少爺做……做那種事。」

塔兒朵連耳根都紅透了，還支支吾吾地告訴我母親灌輸的那些想法。

母親大概以為自己在聲援，但這叫多管閒事。

不對，從母親的立場來講，或許她純粹是想早點看到孫子的臉，出於自身的那些欲求才會如此策劃。

被哄著照做的塔兒朵也是半斤八兩。

「塔兒朵。」

我開口呼喚並硬拉她的手，把她推到床上，然後壓上去。

「呀啊！盧各少爺。」

她發著抖，仍用帶著幾分熱情的眼神看我。

連塔兒朵吐出的氣息都讓我感到甜美，心跳隨之加速。

感覺好可口。

我想要逞慾一番。

儘管我都沒有把塔兒朵視為戀愛對象，但像這樣便會再次認清她是個誘人的少女。

……我也不夠成熟。少壯的肉體縱然是性慾旺盛，我卻因為這點事就差點失去平常心。

而且有別於那種感情，我還湧上了憤怒。

我氣的不是別人，正是塔兒朵。

說些重話訓斥她吧。

「妳不懂自己說的話是什麼意思。要把女色當武器？那確實有效果。在暗殺方面，妳的身體會是非常有用的武器……只要鍛鍊那項武器，暗殺男性目標將會輕而易舉。」

塔兒朵是驚為天人的美少女。

而且，還能勾起情慾。

連看慣美女的貴族都會希望把她弄到手。在學園也有許多男人盯著她，曾對我開口表示想買塔兒朵的蠢貨還不算少。

「盧、盧各少爺，你的眼神好恐怖。」

我異於平時的模樣讓塔兒朵顯露出些許怯色。

而我便伸手掐住塔兒朵的胸脯。

「好痛！」

又軟又大，但是仍在成長過程而保有堅挺。

「如果妳當真想要，我也可以鍛鍊妳身為女人的武器。不過呢，那代表若有必要，妳就得對任何人獻身。我重新問妳，妳真的明白當中的含意嗎？」

塔兒朵吭不出聲。

她肯定是被母親慫恿，才會連這種理所當然的事情都沒有察覺吧。

可以被我抱上床。

她的思考就斷在這裡，並沒有想像過訓練之後正式上場會是什麼情形。

「聽好，我要妳試著想像。利用女色，意思就是要讓不喜歡的男人蹂躪身體，再趁機動手。」

我把腿伸到塔兒朵的大腿之間，讓她無法將兩腿闔上。

在胸脯上的手又更加使勁。

塔兒朵眼眶泛淚，明明對象是我卻在害怕。

我第一次像這樣對她展現雄性特質應該也是原因吧。

「妳會怕吧？連面對我都在害怕，行為還沒達成就已經退縮。那妳還能用女色當武器行刺嗎？來，我們開始練習，妳試試看。接下來，我會狠狠地對待妳，妳伺機把槍抵到我的腹部。」

我交代過塔兒朵要隨身帶槍，她有聽我的吩咐，目前也佩在身上。

即使設想成實際暗殺也沒有問題。

繫在大腿上的槍套並沒有多大，因為這個世界根本沒有槍械的概念，只會被認為是裝飾品。

塔兒朵流著眼淚，在我準備脫掉她的睡衣時，就從槍套裡拔出手槍，打算把槍口抵到我的腹部，手卻被我抓住並且反扭。

「失敗了呢。在這個階段，男人還沒有露出破綻，要動手的話得等到更後面。換成在那一瞬間，男人便毫無戒心可言，只顧貪圖妳的美色而看不見別的就能輕鬆殺害。」

「嗚，對不起，我……我……」

我放開塔兒朵，然後起身。

「美人計對妳來說，並不合適。」

我拿出房裡儲備的茶葉與茶杯，再用魔法弄來熱水，沖了茶遞給她。

具安神效果的茶葉。

讓塔兒朵緩緩喝下去以後，她便漸漸取回了冷靜。

「我根本沒有想到那會是這麼恐怖的事。呃，可是——」

「妳想說自己心裡還沒準備好？那麼，若是心裡準備好了，妳會做嗎？」

「只要能幫到少爺的話。」

她用那雙還留有淚痕的眼睛直直地望著我的眼睛斷言。

並非我用的猛藥效果不足以讓塔兒朵斷念。

她有可以為了我忍受任何事的覺悟，才會這麼回話。

「妳莫名地固執呢。我看重妳的心意，但是，不可以。」

「因為我不合適？」

「不，妳的容貌，還有容易受男性喜愛的舉止，要以女色為武器的話都屬上乘，即使說妳有天賦也不為過。性格膽小固然是不合適的因素，不過只要歷練夠多應該就能彌補。」

憑塔兒朵勤勉的性子，她做得到。

「那麼，為什麼不可以呢？」

「因為我會排斥。我無論如何都會排斥讓其他男人抱妳。」

我吐露真心。

塔兒朵是助手，但我也把她當成寶貴的家人。

要讓家人被不喜歡的男人抱上床，我根本無法容忍。

「那是指──」

「就如同字面上的含意。」

「那、那個，我好高興，能得到少爺的重視。」

「我可是自認從平日就很重視妳，很遺憾沒能將心意傳達給妳。」

「我不是那個意思！我知道，少爺非常非常愛護我！所以，我好喜歡盧各少爺！」

塔兒朵慌了，還說了平常不會說出口的話。

「喝完那杯茶以後，就回房去休息吧。抱歉讓妳嚇到了。」

「不會，畢竟少爺是為了我好。何況我已經一點都不害怕了。」

塔兒朵慢慢地喝茶。

這樣看來，似乎不用再操心了。

「呃，我不會再說要用女色來當暗殺的武器……不過，唔，以女僕的工作來說又如何呢？」

塔兒朵往上瞟著我，並開口問道。

「將來再說吧。我沒有意願抱一個光是被男人推倒就會發抖的女人。」

「嗚嗚嗚，少爺有時候好壞心。」

塔兒朵鬧脾氣了。

然後，她帶著高興歸高興卻又顯得有些遺憾的調調離開了房間。

得以獨處的我大大地嘆息。

「好險。」

雖然那是為了讓塔兒朵斷念的演技，但我差點就放飛理性了。

我湧上了情慾，想忘掉目的，跟塔兒朵享受男歡女愛。

連我自己都瀕臨失控。

「……之後再來報復用那種方式說動塔兒朵的母親吧。」

這次的做法實在惡質。

大多數的惡作劇我都可以包容，但是她玩過火了。

那個人應該受點教訓。

Episode3

第三話 暗殺者接下新任務

The world's best assassin, to reincarnate in a different world aristocrat

跟塔兒朵發生過那件事以後，我在隔天早上來到母親的房間。

「哎，小盧幾年沒有主動到媽媽的房間了！我來準備茶和點心，房裡有我珍藏的餅乾喔。」

母親心情絕佳地用凳子當墊腳台，並拿出藏在衣櫥上頭的餅乾。

包裝屬於王都流行的款式，所以應該是別人送的土產被留存下來了。

「媽，妳曉得我為什麼會來這裡吧？」

「呵呵呵，當然了。你是來答謝我幫忙鼓勵了塔兒朵對吧。好事促成了沒？」

「沒有。我把她趕回去了。」

「怎麼會，你趕走了那麼可愛的女生？啊，小盧你不曉得事情該怎麼做吧。媽媽來教你。」

「多管閒事。跟母親學那種事會造成心靈創傷啦。」

……為什麼要認定我是處男呢？

我以巴洛魯商會的伊路葛．巴洛魯名義待在穆爾鐸時已經有過經驗了。

只不過，伊路葛．巴洛魯的身分無法隨便結交情人，我也會覺得對蒂雅有虧欠，所以都是找花街女子當對象。

而且，我在前世就經驗豐富。

塔兒朵抱著半吊子的覺悟說要出賣肉體當武器時，我之所以會生氣，是因為我自己在少年時期為了取悅有那種癖好的目標，利用過自身肉體；熟人中更不乏把肉體當武器的同行，我才曉得那是多麼煎熬、多麼悲慘的手段。

「既然那不是理由，我就不明白理由是什麼了。你們倆心裡喜歡彼此卻又不湊成一對，讓人急都急壞了。所以說，我才會用那種方式慫恿塔兒朵啊。」

「基本上，叫塔兒朵用肉體當武器就大有問題了。我不會讓她用那種技倆。媽應該也曉得，暗殺者用身體當武器是什麼含意吧？竟然想讓塔兒朵走上那條路，到底有什麼居心……我是真的生氣了。」

塔兒朵就能辦到。

無論心裡再怎麼煎熬，她為了我就能忍。

正因為這樣，我才怕。

「嗚嗚嗚，小盧好恐怖。我又不是真的想叫塔兒朵用美人計，只是要誘惑小盧，我覺得她必須有個藉口。」

我就知道是這麼回事，但母親太小看塔兒朵的莽撞程度了。

「下次再有這種事，我就不會原諒了，我再也不會跟媽講話。」

「怎、怎麼會……媽媽會反省的，原諒我吧。要是被你討厭，我就活不下去了。」

母親一邊哭一邊央求我。

這個人的外表與態度依舊太過稚氣。

……這麼說來，我長得嬌貴，也常被誤認比年齡小。總不會過了二十歲，還是現在這副模樣吧。

光是常被人說我跟母親很像，心裡就覺得有些不安了。

如果生作女性也就罷了，男人永遠顯得年輕可不妙。

「這次我可以原諒，但是沒有下次喔。即使沒有媽多事，我還是會把塔兒朵她們顧好，也懂得她們的想法。」

蒂雅、塔兒朵、瑪荷。

我寶貴的幾位伴侶。

我們有屬於我們的做法，我不想讓旁人插嘴。

「小盧，你在那方面還是個孩子呢。女生怎麼可能對喜歡的人展露自己真正的心思嘛。」

得意的臉孔讓我有點不爽。

可是，我無法完全否定那句話。

「要是你肯跟塔兒朵發生關係，她一定會開心喔。」

「媽，妳真的有在反省？」

「有！」

媽假惺惺地對我敬禮。

……發生關係能讓塔兒朵開心是嗎？

當時，假如我沒有嚇阻她不懂用肉體當武器的字面含意，而是順著她的意，溫柔地予以疼愛，或許塔兒朵是會感到開心。

不過，那樣是錯的。

需要藉口的關係根本不健全。更何況，如果彼此會單純地相愛交歡，出於那種理由的第一次也將在後來變成汙點。

「我要走嘍。」

「咦咦咦咦，吃過點心再走嘛。」

「我有很多事要忙。再說爸回來以後，我就不能做自己的工作了。」

「記得是兩天後，對吧？不知道祈安會買什麼樣的土產回來，真令人期待呢。」

「我想我沒辦法那麼樂觀。畢竟要被當成鼓舞士氣的偶像，肯定很麻煩。」

父親出門是為了磋商我這次獲頒勳章的相關事務。

由於到王都太遠，會議是在位處中間地段的城鎮召開。

因為有許多政治方面的意圖，父親以圖哈德當家的身分被邀請了。

說來倒也奇怪，身為當事者的我不在場，被找去的只有當家。

「放心吧。祈安不會讓小盧去做莫名其妙的事，假如他無能為力，也一定會安排逃跑的手段才對。」

以貴族而言，這句台詞實在讓人不忍置評，但父親實際上應該會那麼做。

圖哈德是為了亞爾班王國而存在。

不過，父親認為家人比這個國家更重要。

因此該抉擇時他會毫不猶豫地選擇家人，而且就算沒有貴族的地位，他仍是個有能力保住家庭的人物。

「啊，還有，下次你把瑪荷帶來家裡吧。我跟她靠書信往來談了不少，從字裡行間可以感受到她好喜歡小盧你呢。這樣的話，我就要端詳她是什麼樣的女生才行！」

「……我要走嘍。」

跟這個人說再多也沒用。

我懷著強烈的虛脫感從房間離開。

父親比預定晚了一天回來。

才剛到家，父親就交代我一小時後過去書齋，然後便回自己的房間了。

乍看下與平時無異，但他只是故作平靜且相當疲勞。

我不常看到父親消耗成這樣。

他在那裡大概跟人有過一番較勁吧。

我吩咐塔兒朵，要她準備我特別調製的茶。

最近，化妝品牌歐露娜也有經銷茶葉。

我要用的茶在其中更是屬於難以取得的貴重品，希望多少能犒勞父親。

這具有安神與美膚效果，風評相當不錯。

「還是先做好心理準備，無論父親說什麼都別受到驚嚇。」

我本來就覺悟到事情會變得麻煩，但是從父親的態度來看，我可以篤定狀況更加嚴重了。

◇

◇

「打擾了。」

我走進父親的書齋。

父親換過衣服，似乎還小寐了一會兒，氣色比剛才好。

「你坐。」

我聽從父親的話就座。

「說來倉促，我要談關於在王都頒發勳章一事。想必你已經曉得，我就是為了磋商那件事而離開領地。」

父親臉色凝重。

看來要談的事情頗為險惡。

此時，有敲門聲傳來。

「是誰？」

父親出聲詢問。

「我是塔兒朵，我照盧各少爺的吩咐端了茶過來。」

「嗯，進來吧。」

塔兒朵行禮後，便用茶壺倒茶。

她做起這些也都變得有模有樣了。

茶倒好以後，她再次行禮離開房間。

「好香的味道。我不認得這種茶。」

「這是遙遠異國的茶，喝了能安定心神。」

「……居然被兒子看穿身體狀況有恙，我讓出當家位子之日也不遠了。這茶不錯，滋味沁入心脾。」

父親淺淺地微笑著喝下茶，臉色便緩和了幾分。

這茶是好貨。

連以往我待的世界也沒有這種貨色。於龍脈流經之地受魔力湧瀉滋潤而突變的品種，非得在這個世界才能栽培出來。

我太中意這種茶，就向地主收購了茶田與佃農，其收穫絕大多數都是運來我這裡。由於我支付的薪資比原主高，佃農也就更有意欲栽種。

「歇過之後就帶回正題吧。關於在王都頒發勳章一事，程序大致跟預料中相同，並沒有什麼問題。不過，你得參加略嫌隆重的儀式就是了。」

「這我有心理準備。」

父親告訴我細節，不過聽來倒沒有多奇特，全在容許範圍內。

事情談到這裡，父親稍做停頓後才又開口。

「問題在於頒完勳章之後……本國的高層對於這次魔族來襲相當驚恐。單單一頭魔族，就讓國內具備魔力者應當最多的學園遭受蹂躪，被敵人侵門踏戶直逼王都跟前也是痛處。」

學園位處王都郊外。

王都擁有雙重的保護。可以擋住來自各方攻擊的堡壘；還有堡壘被攻陷以後，擁有大量具備魔力者，功能可與城寨比擬的學園仍在保護王都。

這次魔族來襲，外側的堡壘幾乎沒有發揮意義，連學園都差點被攻陷。

換句話說，這代表若有一步差池，位於本國中樞的王都早就滅亡了。

「受到驚恐，表示戰略將偏於守勢……高層該不會打算讓勇者留守在王都一帶，都不派勇者出擊？」

「虧你算得到。往後即使魔族出現，只要是跟王都有一定距離以上的區域，就不會派勇者過去……換言之就是見死不救。表面上是聲稱王都一破，這個國家也就完了，但中央那些人單純是想尋求保身而已。」

明明只有勇者殺得了魔族，卻要把勇者豢養於王都。

高層那些人大概都神經錯亂了吧。

「那怎麼會跟我……不對，怎麼會跟圖哈德扯上關係呢？」

「……領地遠離王都的貴族大為反對，說無法接受中央在魔族現身之際對他們見死不救，於是你就被選中了。中央表示會把王都交給勇者守護，再派出足以誅討魔族的戰力，才說服了那些地方上的貴族。」

「要我去殺魔族？中央為什麼會認為我有那種本事？」

即使我在先前那一戰有所活躍，對外的功績終究是探查與監視魔族。直接的戰鬥能力理應並沒有受到認可。

「據說，勇者艾波納透露了許多有關你的事。是你疏忽了，盧各。」

「……！非常抱歉。」

我有要她保密。

因為我很清楚自己的力量要是見了光就會惹來麻煩。

「別太責怪那位勇者。聽說在某場派對上，有個貴族嫉妒你的戰功而說了不少壞話。那位勇者護著你，氣到了頭上……之後的發展可想而知吧？」

「照那位勇者的性格來想，會那樣沒錯。是我的思慮太天真。」

當時我在戰場上所做的事，肯定全被說出去了吧。

這件事不能怪罪艾波納。明明有洩露的風險卻只以口頭約束，過錯在我。

「不知道是否該解讀為幸運，派給你的職務將會支付相稱的報酬……為了保你，我曾經漫天要價想探出讓中央撤回成命的眉目，沒想到高層居然照單全收。不只如此，頒發動章之際還決定賦予你特別的地位，而且，你將獲得與地位相稱的特權。抱歉沒能保護到你。男爵身分較能隨意行動，我便刻意避免出人頭地，卻在這種場合才深切感受到缺乏地位就無能為力。」

中央掌權的那群老狐狸果真厲害。

父親無論身為暗殺者或醫生都是一等一，修為已臻完滿。

然而，在政治這塊領域，身為貴族的地位卻比個人才智更有功用。父親能談成這等條件，反倒是了不起的。

「請父親別道歉。這是我天真招來的結果，代價我會自己付。」

「你這孩子還是一樣，簡直成材過頭了……一旦情況危急，要遠走高飛也可以。與其讓兒子赴死，還不如捨棄圖哈德。我有做好準備。」

父親所說的準備，應該是指圖哈德家像我這樣被王室切割時的保險吧。

還有，父親刻意不講出口，但他的眼神正在訴說只要是為了我，他寧可違背「圖哈德之技藝只為亞爾班王國存在」的信念來救我。

憑父親的本事辦得到。純比暗殺技術，他在我之上，更重要的是，他知道將其有效運用的手段。父親固然可靠，但正因為這樣，我才不想依賴他。

「目前沒有那種必要。就算是魔族，我也會殺給所有人看。」

這次的事以貴族而言可謂飛黃騰達。

不過，實情則是魔族出現就得硬著頭皮前往討伐，還無法依靠勇者，形同自殺行為的吃虧差事。

中央那些人應該也不認為我有能力殺魔族。

為了讓地方貴族信服，他們硬是編理由以便不派勇者，日後就算我被魔族所殺，他們仍會打著繼續拒絕派勇者前往地方的算盤，還會要求眾人別在對策定案後舊事重提。

……反正我原本就打算把殺魔族的能力弄到手，但非得加緊腳步了。

「此外，勇者艾波納有託我帶口信給你，說是接下來希望能在勳章頒發典禮前找時間見面。對方表示想跟你賠罪，還打算使用勇者技能【追隨我的眾騎士】，將勇者之力分給你。」

當時艾波納在場倒是讓我意外……不，難道她是為了證明我有多強，才被中央找去當證人？

「那就太令人感激了。照現在這樣要挑戰魔族，我會有些心虛。真不愧是勇者，居然有技能可以將力量分給他人。」

話是這麼說，但我認得那項技能。在女神房間得知的S級技能之一。

【追隨我的眾騎士】。

最多能依自己的力量強化三個人，還可以把本身擁有的多項技能賦予對方。只不過，當目標發生「有違主人意向」、「敗陣」任何一種情況就會喪失力量。

跟魔族交手，有勇者的技能可以使用是寶貴的。

而且這也能用於殺害勇者。既然條件為「有違主人意向」，取巧的方法多得是。

「再問你一次。真的行嗎？我認為你大可逃避。」

「請放心，我不會將無法辦到的事情說成能辦到。暗殺者既不會低估，也不會高估自己。父親就是這麼把我養大的，我會靈活應對給您看。更何況，局面跟以往差不了多少。圖哈德的職責是暗中除去危害國家之人，只不過目標改變了而已。」

麻煩歸麻煩，狀況並非惡劣至極。

準備給我的特權，內容聽來很吸引人。

而且，到頭來我要做的事跟以往並無差異。

只要有益於這個國家，我就一定會以圖哈德之名俐落地暗殺魔族。

Episode4

第四話——暗殺者創出對付魔族的殺招

The world's best assassin, to reincarnate in a different world aristocrat

賜予我誅討魔族的任務，以及隨之而生的地位。

這實在是始料未及。

……盡早完成準備吧。

後天要是不從圖哈德啟程，就趕不上授動典禮。

頂多只有今天和明天能埋頭研究。

我在自己房間喝茶，一邊等人。

有敲門聲傳來。

「盧各少爺，我照吩咐過來了。」

「突然找我過來，怎麼了嗎？」

「就等妳們倆到齊。」

塔兒朵和蒂雅來到房裡。

我要談從父親那裡聽到的消息。

塔兒朵和蒂雅是我的助手。

換句話說，既然我要跟魔族戰鬥，她們倆也會一同作戰。

我得跟她們把誅討魔族的任務交代清楚才行。

「我有事必須告訴妳們倆。我將會接到這個國家交派的任務，內容則是……」

情況講完以後，她們各自露出驚訝的臉色。

「少爺果真厲害，這樣就飛黃騰達了耶。不知道特別的地位會是什麼。」

「照我看，這個國家的腦袋有毛病喔，居然把魔族推給一名貴族處理。」

然而，驚訝的層面完全不同。

塔兒朵因我的能力獲得認同而欣喜，蒂雅則感到憤慨。

說起來是蒂雅的反應比較正確。

「實際的問題在於，魔族殺得了嗎？任何文獻都記載只有勇者殺得了喔。」

「辦不到。我在上次學園遇襲時跟魔族交手過，要殺是能殺，不過殺不死。純以強度來講，對手比我高了一兩個層次，出其不意就能殺掉。然而，殺了之後仍會再生。當時我換了約十二種殺法，可是每次殺完都會復活。殺得了魔族的只有勇者。」

那時候我捏了把冷汗。

畢竟對手再怎麼殺都能若無其事地甦醒。

我一面改換殺法一面緊盯對手變化固然有收穫，卻沒能予以實行。

「不行呢，那就表示打不過魔族吧。少爺這樣等於是去送死。」

「照現況的話啦。」

「你會提到照現況，表示有方法可以贏嘍。」

「是啊，我一邊殺一邊用圖哈德之眼持續分析魔族死而復生的瞬間。勇者艾波納殺掉那傢伙時也是。正因如此，我擬出了為什麼只有勇者能殺死魔族的假說。」

「你講的事情實在不得了呢。以往所有國家一直在研究殺魔族的方法，卻還是弄不清，結果都是靠勇者嘛。」

對抗魔族之於所有國家都是頭痛的話題。

魔族頂多兩百年才會出現一次，然而現世以後，就會被魔族蹂躪到底。

有勇者誕生的國家倒還好，其他地方只能以一句悽慘來形容。魔族殺不死，就算向勇者保有國聲請派遣能殺魔族的勇者，對方既不會隨意出借，即使借到了也會被敲一筆天大的竹槓。

……多虧如此，有幾個國家還訂了協約，倘若勇者在國內誕生，彼此轉借勇者都要無償並且能快就快。

「可以擬出誅討魔族的假說，並非因為我優秀，單純是我用看得見魔力的眼睛觀察到魔族死於常人之手跟死於勇者之手的場面啊。各國研究者沒有看過那種場面嘛。」

要研究魔族也根本捉不到那種鬼玩意兒。對從事研究的人員來說，隨勇者上戰場進行觀察更是不可能為之。

以往研究魔族的人類當中，如果也有人像我這樣用看得見魔力的眼睛目睹魔族死亡，應該就求出答案了。

「就算這樣，你還是很厲害啊！假如那套方法完成了，向全世界公開以後，跟魔族抗戰的方式就會全盤改變呢。」

就算獨占誅討魔族的方法，甜頭也不大。

有勇者的這個國家大概會想把勇者當成交易籌碼，但是基於被迫誅討魔族的立場，我希望有能力殺魔族的人越多越好。

「正因如此，我要先把它完成。而且完成的話，塔兒朵和蒂雅，我也希望妳們倆能學會。」

「好的！既然有幸得到盧各少爺傳授，我絕對會學成。」

「我就從研發開始幫你嘍。你說的方法，是用魔法對吧？」

「沒錯。麻煩妳們倆了。」

只靠我的話，負擔實在太重。

但是有塔兒朵和蒂雅在，我覺得就能搞定。

「還有，我有禮物要給妳們。給塔兒朵的是之前那把槍的改良版，這可以直接交換彈倉，所以裝彈速度變快了；給蒂雅的則是專門設計讓蒂雅用的款式。」

「那把槍，性能又提升了嗎！明明原本也夠厲害的了。」

「小巧可愛呢。這樣的話，我任何時候都能隨身攜帶喲。」

我把左輪手槍分別交給塔兒朵還有蒂雅。

相較於塔兒朵那把，蒂雅的小了一圈。

照蒂雅的情況，要是讓她拿調整給塔兒朵用的款式，即使以魔力強化體能也擋不住後座力。因此，我收斂威力，槍身也隨之小型化了。

「因為是手掌大小的槍，我就取名為手槍。槍身較短，拿在手上既好藏又靈活，不過精度就下滑了。塔兒朵的話可以視情況將長槍管配件裝上去，蒂雅要是有從遠距離進行狙擊的餘裕就改用【槍擊】吧。」

「我會依少爺說的多多練習。」

「用於連射的結構，滿複雜的呢。要以魔法一口氣造出來實在有困難。嗯，我會帶著的。」

……往後，她們未必不會被人盯上。

先讓她們帶著護身道具比較好。

「我的事情講完了。塔兒朵回去訓練，蒂雅則跟我一起研究如何殺魔族。」

「遵命。」

「盧各，要先讓我聽聽你的假說和理論喔。」

我們開始採取行動。

為了趕在魔族出現之前，先確立殺魔族的方法。

◇

我在自己房裡說明關於殺魔族的方法。

「首先，魔族之所以殺不了，原因在於它們只是仿效生物的身軀，實際上根本就不算生物。它們體內有類似核的部位，當肉體受損就會將毀壞的肉體分解，再從核湧出可稱為存在之力的能量，將缺損的力量補回，肉體便能馬上重組。」

「我有疑問耶，既然如此，只要擊碎所謂的核就能一舉殺掉了吧？」

「假如核有具現成形啦。核可以說是靈體，或者能量的聚合物，由於不具實體便沒辦法碰觸到。」

「唔哇，好麻煩。」

到目前為止，是我不停殺魔族時所見的。

圖哈德之眼已經看穿有力量湧出的核存在，也掌握了肉體的重組步驟。

「那麼，要談到勇者為什麼殺得了魔族，是因為勇者有特殊的力量纏身，與魔族作戰時，那種力量會擴散到四周形成力場。於該力場中，魔族的核會具現成形，也無法分解、重組肉體。」

「換句話說，就是受傷後不會痊癒，核也能摧毀的意思嘍。」

「對，那麼之後要做的事很單純，將勇者設的力場重現就行了。力場的原形是以氣、充斥於世界的瑪那、特殊波長的魔力融合而成。充斥於世界的瑪那會自己匯聚到勇者身上，再以絕妙的均衡流入力場，不過換成我們就要用魔法來重現才可以。」

魔力有兩種。

一種是流動於身體裡的體內魔力（奧德）。

另一種則是充斥於世界的瑪那。

瑪那分為沾染成基本四屬性的以及無色的，總共有五色。

「這個編配是關鍵。唯有按比例將五種瑪那摻入特定波長的魔力，再用氣予以調和時，力場才會成形。勇者的情況是一切都在無意識間達成，但我們來做就相當麻煩。」

「光聽就覺得棘手呢。不過，我認為辦得到。畢竟有幾種魔法會借助瑪那之力，只要找出共通處，就能辨明讓瑪那匯聚的術式喔。盧各，比例你曉得嗎？」

「是啊，我親眼記下來了。只要有匯聚五色瑪那的魔法，搭配魔力的波長還有氣，就可以把瑪那與魔力撮合在一起。」

「欸，你說得倒簡單，但即使魔法完成了，如果魔力的波長與氣不能自動調節，除了你以外沒有人用得來喔。一般而言，那種事是辦不到的嘛。」

「我明白，可是魔力與氣無法透過唱誦術式來自動調節，這部分只能靠訓練。憑妳和塔兒朵應該辦得到……其他人可就不好說了。」

「門檻挺高的呢。可是，我要試。這樣就能造出殺魔族的力場對吧。」

「沒有錯。儘管這是假說，不過我有自信。只是就算完成了，這仍然屬於有缺陷的魔法。」

完成的話就殺得了魔族，但其實還有許多問題。

「你說的缺陷是指？」

「為了創造殺魔族的力場，必須有高得離譜的魔力，我要將魔力釋出至極限才勉強達標，在動用這種力場的期間，我頂多只能對體能施予小幅度強化。」

服藥解除大腦限制應該就可以作戰，然而戰力還是免不了大幅衰退。

「我再說一次喔，盧各，這招只有你能用。連魔力量讓人跌破眼鏡的你也才勉強達標，到底是多誇張啊！」

我的魔力總量輕鬆超越常人千倍，目前仍在成長中。

只比這個的話，我甚至凌駕於勇者。

雖然說一次能夠釋出的量頂多是常人的十倍多一點，仍然超脫了人類的規格。而我表示這樣算勉強達標。

尋常的具備魔力者不可能用得了。

「先將魔法完成吧，之後再來想辦法減輕消耗的魔力。就算只有我能用，而且使用期間無法像樣地施展魔力，事情還是有希望的。」

創造出力場的期間，可以讓魔族變成殺得了的狀態。

假如靠幾乎不需動用魔力的槍械或轟炸，就能確保殺傷力。

要不然，事先施放神槍【昆古尼爾】，在命中那一瞬間才張開力場也是可行的。

或者由我來布設力場，戰鬥則交給塔兒朵和蒂雅，方法多得是。

「也對呢，得先做出來才行。雖然會相當吃力，不過憑你跟我就能辦到喔。」

「是啊，我一定會完成。」

「然後呢，我有一件事要拜託你。」

蒂雅有些臉紅，還在胸前將兩隻食指湊在一起。

「等魔法順利完成以後，你要跟我約會。畢竟，我們最近都過得不像情侶。我明白你很忙，不過，我還是會寂寞喲。」

我感覺到臉頰正在放鬆。

蒂雅真的好可愛。

「我跟妳約定。這個魔法做出來以後，我們倆就去約會。」

「嗯！絕對要喔。」

「當然了，我也很期待嘛。」

跟蒂雅兩個人去約會。
這非常吸引我。
為此得先完成殺魔族的魔法。
我的拚勁忽然都上來了。
就盡快完成給她看吧。

Episode5

第五話 暗殺者與家人出外旅行

The world's best assassin, to reincarnate in a different world aristocrat

整整兩天，我和蒂雅兩個人都窩在工作室。

我們熱衷於研究。

「這算完成了，對不對？」

「是啊。沒想到居然短短兩天就能來到這一步。」

我們倆重新審視合力完成的魔法式子。

這兩天，我們一直在設計讓瑪那以理想比例匯聚的術式。

憑我一人之力，感覺會花上半個月。

不過多虧有蒂雅，用於匯聚瑪那的法則早早就理出頭緒，效率差歸差，滿足最基本要項的術式仍像這樣完成了。

「剩下的，就是我要設法的問題。」

只要讓五色瑪那照理想的編配匯聚在一起，加入特定波長的魔力，再用氣將它們合而為一，就可以造出殺魔族的力場。掌控魔力與氣則要看我的本領。

「這我可不擔心喲，是你就辦得到。真正的問題在於效果沒辦法實證呢。我不是要懷疑你的理論，不過在殺掉魔族以前，這個魔法是無法證明有效的喔。」

「正如妳所說。」

這終究是依據我的記憶，將假說實現後的產物。

只能臨陣試招，萬一失敗便沒轍了，可說是凶險無比的招術。

跟魔族展開戰鬥時，要是這道術式不管用就全力溜吧。

在學園，情勢由不得我逃跑，然而那在平常也算重要的選項之一。

贏不了卻仍要纏鬥的人實屬愚昧。

「這樣約會就可以依約成行嘍。盧各，我會期待你安排的行程。」

蒂雅心情絕佳地挽住我的手臂。

她的香軟讓我昏了頭。

……日前發生塔兒朵那件事以後，我就一直對這方面感到介意。

要約會啊……在王都應該也撥得出那樣的時間吧。

「好啊，妳儘管期待。我對於王都調查得還算熟悉。」

雖說學園位於王都郊外，依舊算王都的一部分。

居住的城市要詳查。取得地利對暗殺者來說可是要務。

蒂雅揉起眼睛。

「妳累了嗎？」

「稍微。」

畢竟我們幾乎都沒睡。

蒂雅一進入狀況，就會專注得忘記疲累。

換成我，則有【超回復】所以不成問題，然而蒂雅可不行。

「我送妳回房。」

「嗯，交給你嘍。」

我用公主抱的方式抱起蒂雅，她就伸手勾到我的脖子後面。

就這樣，我們前往蒂雅的房間。

她的房間還是老樣子，盡擺著與魔法相關的道具及書本，有女生味的東西不多。

我將她擱上床。

「到了喔，蒂雅，把手放開吧。」

明明我已經將蒂雅放在床上，她卻遲遲不肯放開勾住我脖子的手。

「哦～～你還是對女生投懷送抱沒有反應呢。」

蒂雅用使壞似的眼神仰望我。

我吞了吞口水。

「遲早啦。現在還太早。」

「我等你喲。我隨時都願意……說這種話很難為情，可是不說出來的話，感覺都快要被別人搶先了嘛。」

蒂雅真的好可愛。

隨時都願意是嗎？

被她這麼說，我的理性都快飛了。

◇

隔天，我一早拖出了馬車與馬，還跟父親兩人將平時不會用到的昂貴布料與華麗馬具安裝上去。

在王都獲頒勳章，會有許多禮法規矩。

連馬車都不能例外。光是搭寒酸的馬車進入王都，就會讓圖哈德被人當鄉巴佬看扁，因此得花這種工夫。

「就這樣吧。」

父親不出差錯地完成了裝點。

暗殺者要萬事通曉，父親和我都做得了大多數的活兒。

甚至從馬車親手做起也行。

「父親很有品味呢。假如時間多一點，我可以從穆爾鐸採購些材料弄得更華麗。」

「那就免了吧。最起碼的水準有了，再鋪張嫌多餘。」

如父親所說，這在勉強不會被人看扁的範圍。

如果弄得比這更華麗，難保不會反過來被人說區區男爵也敢囂張的閒話。

貴族社會實在麻煩。

「祈安、小盧，我們這邊也準備好了喔。」

「哇，注重實用性的圖哈德家居然有這種馬車，嚇我一跳。」

銀髮飄逸的母親與蒂雅來了。

她們都拿著尺寸稍大的行李箱。

裡面裝了要替換的內衣褲及參加派對用的禮服。

既然我被捧為英雄，以親人身分列席的她們便需要夠體面的禮服。

「對了，蒂雅的禮服是怎麼張羅到的？」

蒂雅只穿了一套衣服從維科尼領過來。

生活必須品是備齊了，不過能穿去王都參加派對的禮服就沒有添購。

「我借了姊……呃，借了媽媽的舊禮服。」

「以前的讓她穿正好合身。我本來也想借給塔兒朵穿，但是胸部太緊了。」

「塔兒朵穿傭人裝就行了吧。」

各家都准許帶一兩名傭人去派對。

雖然也有例外，不過傭人大多是穿傭人裝，而非禮服。

這麼說來，沒看見塔兒朵。

「對不起，我來遲了！」

塔兒朵提著大籃子趕了過來。

「不用急啊，離出發還有緩衝時間。」

「太好了。」

「妳那是什麼？」

「我準備了餐盒。原本預計會早一點做好，不過今天早上漢斯先生帶了剛生下來的蛋說要感謝少爺幫他醫治牛。這麼新鮮不趁今天吃掉很可惜，我就多做了一道菜色。」

「這樣啊，謝嘍。還好有妳體察他的心意。」

漢斯先生專程在清晨過來，就是希望讓我們吃到剛生下來的蛋吧。

要是我們從王都回來後才吃，會辜負他的好意。

塔兒朵是個能體貼到這些細節的女生。

「蛋的品質非常棒，敬請期待午餐喔，我做成少爺最喜歡的法爾迪蒸糕。」

「那可真不錯。那麼，差不多該搭上馬車了。」

「好的！」

全家人坐進馬車，馬匹拔腿奔跑。

「上次全家出遊是三年前了呢。畢竟小盧去穆爾鏵以後都沒有這種機會了。」

「是啊。我最後跟媽一起出遠門，頂多只有出席克琉納邊境伯的派對那次。」

……那次夠麻煩的了。

所謂邊境伯，便是主掌這一帶的大貴族，握有等同於公爵的權力。

在受封男爵的圖哈德家看來就像雲端上的人物。

由於那裡的繼承人要成婚，這附近的貴族全被召集過去了。

連極力避免出席派對或茶會這種貴族應酬活動的圖哈德家也實在婉拒不了。

「那時候，小盧打扮得好可愛呢。」

「……我心裡都留下陰影了。」

按照往例，我被迫穿了母親做的衣服。

儘管我是穿褲裝，散發出來的少女品味卻讓大人們直誇可愛而造成了話題。但是在小孩之間就有人說我明明是男的還穿得陰陽怪氣。

我比較不會介意他人目光，但仍有羞恥心。

「可是，小盧最近都好壞心。我好不容易替小盧縫製了衣服耶。」

「雖然對媽過意不去，可是我有自己中意的款式啊。」

為了裝扮成伊路葛・巴洛魯，當我用巴洛魯商會的年輕幹部身分示人時就必須改穿有派頭的服裝，而且我備有好幾套。

這次我會動用那些。

當然，為了避免被懷疑是同一人物，我選了沒穿過的款式。

……因為我早料到母親會讓我穿她親手做的衣服，就事先請瑪荷寄來了。

在我們和樂融融地聊著這些時，我感覺到些許動靜。

我向父親打暗號。

這是圖哈德家在用的，即使不出聲也能做一定程度的溝通。

『爸，我們遭到跟蹤了。對方有兩個人。』

『我這裡也掌握到了。從有距離的行動來看，目的在於監視。』

『要把人逮住嗎？跟蹤者算是有本事，但我辦得到。』

『放他們去。目前恐怕還不到敵對的程度，應該是在端詳我們。』

離王都明明還很遠，居然就有人監視，可真是辛苦對方了。

表示圖哈德家已經如此受注目了？

就算沒有背地裡的暗殺生意，我們原本在醫界就已經有名氣了，而繼承者還要被任命為勇者的代行人，怪不得會醒目。

我不曉得他們屬於哪一派的人馬。

雖然我沒有打算主動出手，但如果對方有意加害，就毫不留情地將他們除掉吧。

◇

經由馬車之旅，我們抵達王都了。

路途中，還曾行經位於王都郊外的學園，重建工程正快馬加鞭地實施。

照這樣看，也許學園重新開學會比預期中還要早。

通過城門之際，向人告知我們是圖哈德以後，便有騎士團過來領路。

由於我們會直接駛進王城，似乎就必須這樣安排。

而且據說城裡為我們準備了房間。

這出乎我的意料。原本還打算在授勳典禮前找王都的旅館投宿，但我們似乎可以在城裡一直住到那時候。

「真不敢相信，居然獲准使用城堡裡的房間。小盧太厲害了。」

「好誇張呢。說起來，城裡固然有許多供來賓用的客房，然而男爵等級的貴族一般才不會獲准使用呢。」

「真不愧是盧各少爺……不過我開始緊張了，居然要進去城堡裡。」

母親和蒂雅都歡天喜地。

反觀父親則是一副凝重的臉色。

「表示盧各就是這麼受到器重吧。」

「雖然不曉得算不算真心款待，對外要是沒有表現出這層禮遇，大概也無法給地方貴族一個交代啊。」

越受器重越會被人刁難，因此父親和我都沒有多開心。

馬車穿越街道，駛進白皚雄偉的城堡。

這裡到底是國家的心臟地帶，結構固若金湯。

牆高壕深，無數弩砲以及用於潑灑熔鐵的設備，城樓上時時都有幾十名士兵。

然而，實用性如此之高卻又優美，是兼具凶殘和美觀的城堡。

很不錯，合我的喜好。

通過城門以後，馬車馳於綿延數百公尺的庭院。

當季花卉繽紛怒放，樹木剪枝可比藝術。

噴水池位置達點睛之效，形成了彩虹。

「哇……好美。盧各，維科尼也造不出這等庭園喲。」

「不知道究竟花了多少錢呢。」

維護這座庭園一個月所需的費用，應該救得了數以百計的飢民吧。

不過，這座庭園本來就非屬娛樂設施，而是用來展現國家威嚴的裝置，倒也不能斷言為浪費就是了。

途中我們將馬車託城裡保管，然後讓城堡的傭人們領路進城，來到了給我們使用的房間。

指示是說在獲得召見之前可以先歇會兒。

廚房、客廳、洗手間一應俱全。單人房有六間，備有滿滿冰塊的簡易冰箱裡擺了異國水果。

而且搖鈴就會有全天候隨時待命的傭人趕來，據說任何吩咐都能照辦。

不愧是城堡。

塔兒朵都茫茫然了。

「盧各少爺，這裡還有好華貴的畫與壺耶。」

「光是一件擺飾就可以買下一個人的人生呢。」

有的情境是說女僕犯錯就要出賣身體償還，但是打破這種壺，就算被賣到娼館勞動至死，也難說能否還清。就是貴重至此的壺。

「噫！」

塔兒朵遠離壺以後縮成一團。

倒是能理解她的心情。

我們各自選定要用的房間。

塔兒朵一邊發抖一邊過來問自己身為傭人也能住這裡嗎，我便告訴她無妨。

……視情況，我也會要塔兒朵工作。這樣會比較方便。

於是，當我們換上房裡備有的起居服之後，城裡的傭人就來招呼了。

有訪客找我。

勇者艾波納召見。

我向家人轉達其意旨，然後離開房間。

她似乎會用技能【追隨我的眾騎士】將力量分給我，到底能獲得多大的力量呢？

Episode6

第六話　暗殺者接收力量

The world's best assassin, to reincarnate in a different world aristocrat

傭人來通知說艾波納要見我。

我一面整理儀容，一面開口：

「塔兒朵，妳能一起來嗎？」

「好的！請儘管吩咐。」

「盧各，我先留在這裡嘍。」

我跟塔兒朵兩個人離開房間。

艾波納似乎會運用技能，將她擁有的幾項技能借給我。

……美味過頭的餌固然可疑，但我應該拒絕不掉，何況我對艾波納也有些信任。

我做好覺悟，邁出腳步。

◇

這座城堡的樓層越往上，所用之人越是高貴。

頂層只有王室可使用，底下樓層則有公爵等地位僅次王室的人在使用。

我們被領到由上數來的第二層。

只是男爵家子嗣的我，原本不可能涉足這種場所。

勇者這樣的存在就是如此受到重視吧。

走在廊上就承受了許多視線。

對方似乎認得我是什麼人。

「難不成有我的肖像畫在外流傳？」

……雖然說我在執行暗殺時會以喬裝改變髮色或臉孔給人的印象，但我不太樂見這種狀況。

就這樣，我被帶到了從城堡延伸搭設的庭院。

地板與天花板都用了特殊玻璃，宛如空中花園。

而勇者艾波納就在中央。

她一看見我，便跑過來低頭賠罪。

「盧各，對不起！你明明要我瞞著的，我卻氣不過那些人，不小心說溜嘴了，害事情弄成一團亂！」

艾波納不斷低頭賠罪。

「別介意。我沒有放在心上。」

「可是，對不起。」

「我真的沒放在心上啦。」

我了解到艾波納是情緒激動就會講出這些事的人，便決定往後以此作為應對的前提。我不會再犯同樣的過錯。

「呃，還有呢，那個，我覺得光是一句道歉還不夠，就決定用我的技能了。技能名稱為【追隨我的眾騎士】。」

進入正題了啊。

「那是什麼樣的技能？」

我從頭問起，因為這才是自然的反應。

「呃，我一輩子最多可以把力量借給三個人。話雖如此，出借的力量並不會消失，我讓別人變強以後仍保有原本的強度。具體來說，就是魔力與體能會上升，然後可以使用我擁有的幾項技能。」

「那很有助益。畢竟我會跟魔族作戰，要盡可能變強比較好。」

「不過，當中有幾個條件。如果你違抗我的命令，【追隨我的眾騎士】就會失效，在賭上寶貴事物的戰鬥中敗陣也會喪失力量。還有，我也不能死掉。這個技能一旦消失便不能再對同一個人使用。」

正如我所記得的內容。

既然違抗命令會讓借來的力量消失，就算艾波納或多或少不講理也得聽她的，這算是麻煩之處。

不過，這幾個條件當中問題最大的應該是敗陣會失效。

取得這項技能之後，從此就輸不得了。

……不過，賭上寶貴事物的戰鬥這一點我倒不曉得。

如果艾波納所言正確，訓練或單純打架似乎就沒有問題。

「那妳有對別人用過嗎？」

「其實就一次而已。剛覺醒為勇者的時候，我在本國與司奧夷凱陸的國境附近，對一個非常魁梧的藍髮男人用過。」

非常魁梧的藍髮男人？

我只有想到一個人，莫非是那傢伙？

「而且，因為力量尚未回到我身上，我想那個人一定還健在。」

「順帶一提，妳給了對方什麼樣的技能？」

「有【狂戰士】和另外幾項，【追隨我的眾騎士】無法選擇要給對方什麼技能，會選中的好像便是適合那個人使用的。」

……儘管這只是假設，之前我為了保護蒂雅而對付過的瑟坦特，會不會就是藉由艾波納得到了力量？

既然那傢伙聲稱自己從來沒跟人好好打過一場，應該原本就強得不像話吧。

而他接受了艾波納的力量，變得如怪物般強。

跟那傢伙對峙時，他使用過【狂戰士】還有在凶暴狀態下仍可保持理性的技能，搭配得完美無缺，讓我覺得未免也太湊巧了。

或許我想反了。有可能就是因為瑟坦特具備在任何狀況都可以保持理性的技能，會挑選合適技能給別人的【追隨我的眾騎士】才配了【狂戰士】給他。

這樣的話，事情可不妙。

剛才那種語氣顯示【追隨我的眾騎士】能讓施術者掌握對方的狀態。

從艾波納所說的聽來，不知是何緣故，那傢伙還活著，而且也沒有失去力量。

或許，我們遲早會在別的地方碰面。

……我跟瑟坦特在那場決鬥有賭上寶貴的事物，但對方依然沒失去力量，是因為他認為自己並未在決鬥中落敗，而是遭到了偷襲嗎？倘若如此，這所謂的敗陣會喪失力量似乎將條件訂得非常鬆。

「原來如此，是這樣啊。不過，真的可以嗎？這項技能最多只能對三個人用吧？」

「可以喔。盧各，因為你救過我嘛。有你在，我就能繼續當勇者。何況，這也可以讓你守住那個約定。」

我跟艾波納的約定。

艾波納變成怪物的話，我就要殺她。

這也是我被叫來這個世界的意義。

「我明白了，我不會客氣，把妳的力量給我。」

「嗯，包在我身上。」

話一說完，艾波納就用手輕觸我的肩膀。

發出淡綠色光芒後，那陣光被吸進我的體內。

「好，結束。這麼一來，你應該就能使用我擁有的某幾項技能嘍。」

「這樣就好了嗎？」

掃興莫過於此。

「畢竟只是動用技能嘛。還有，這也給你。我使性子跟人要了一張過來。」

艾波納拿出來的是鑑定紙。

用了這個就可以曉得持有什麼技能。

儘管是貴重而難以入手的玩意兒，憑勇者還是有管道吧。

我立刻試用。

……增加的技能總共為五項。

尤其該注目的有兩項。

一是【追隨我的眾騎士】。

萬萬想不到這項技能竟然可以出借。

不過，值得慶幸。我可以用於強化塔兒朵及蒂雅。

往後我也會把她們倆帶去有魔族的戰場，我正愁普通的訓練靠不住。

還有，另一項亮眼的是【可能性之卵】。

這屬於A級技能，投胎前曾讓我苦惱過的技能。

效果因人而異，說是可以變出合乎個人本質的技能。

由於會從S～B級變一種技能出來，假如把A級的配額用在【可能性之卵】而變出S級技能就算賺到了，但是我當時沒有意願這麼賭。

既然合乎個人本質，應該不至於變成廢招。

其餘技能也都是泛用性高又強大的貨色，不愧是從勇者手中選出來與我匹配的。

「你分到了什麼樣的技能？」

「令人訝異的是，我分到了【追隨我的眾騎士】這招。大概是因為我有不少本領可以教給別人吧？」

「我也覺得那跟你很相配……我認為憑你的話，連魔族都能殺掉。但是呢，假如怎麼也打不過就要逃跑求救喔。我會趕去的，就算國王有令我也不管。」

她用蘊含熱度的手牽起我的手。

艾波納對我感受到的友情似乎比我想的還要深。

「危急時我會照做。不過，我自己會努力避免走到那一步，妳只要想著守護這個國家就好。由妳守護，我來殺，職責分配就是這樣。」

這樣的話，應該較能降低艾波納毀滅這個世界的可能性。

不過……如果我的死成了導火線可讓人笑不出來。

艾波納目前會稱為朋友的人，恐怕只有我。

「嗯，不錯呢，一起守護世界吧。盧各，你比勇者還像勇者。」

「沒那回事，我的立場離勇者最遠。」

因為我無論到哪裡都是暗殺者。

「那麼，我差不多該走嘍，有大人物召見我。盧各，我想你以後接到這類差事的情形也會變多，要加油喔……不，你解決問題會比我俐落得多吧。下次見。」

艾波納就此離去。

她不在之後，一直隨侍在後的塔兒朵開了口。

「盧各少爺，力量好輕鬆就到手了耶。」

「是啊，有點掃興。不過，這份力量比我想像中還強。」

假如這就是瑟坦特強大的祕密，我應該也強到跟他同等的境界了。

跟過去無法用正常手段打倒，只得靠暗殺解決的對手並駕齊驅。

我有好多實驗想嘗試。

「實驗一陣子以後，塔兒朵，我想對妳使用【追隨我的眾騎士】。這樣的話，我這一生就不能放開妳了。這樣妳也願意嗎？」

「一、一生都不放開，那、那實在太美好了！請務必對我使用，因為我是屬於少爺的！」

塔兒朵看似興奮地在胸前握起拳頭。

而我覺得她這樣可愛得不得了。

「我們該回去了，明天起就會變忙。禮法規矩妳都有記好吧。要面對的到底是那些大人物，得比平時更加注意舉止。」

「請放心。為了避免讓少爺蒙羞，我已經練習到滾瓜爛熟了。」

從塔兒朵在學園的舉止來看，她應該不成問題，反而是我比較危險。

可靠的女孩。

這一趟，立刻就有收穫了。

我還打算多討一兩份土產帶回去。既然要把燙手山芋推給我，該拿的我都會拿。

Episode7

第七話　暗殺者回絕

The world's best assassin, to reincarnate in a different world aristocrat

藉由勇者艾波納的技能【追隨我的眾騎士】，我借到了她的力量與幾項技能。

我立刻借了城裡的修練場，試著活動筋骨，就發現體能跟以前截然不同。

尤其顯著的是魔力釋出量提升。

原本我的弱點是魔力總量輕鬆超越常人千倍，然而一次能釋出的量頂多在十倍左右，如今卻暴漲了約兩倍。

可以說弱點已被克服了。

這樣的話，能施展的戰術便會一舉增加。

「少爺，我完全敵不過你……」

塔兒朵上氣不接下氣，當場跪地。

為了測試力量，我找了她當對手。

我刻意不靠魔力強化體能，來跟豁全力的塔兒朵交手。

以往只要讓到這種地步，贏的人就是塔兒朵，今天我卻贏過她了。

「沒想到居然會變得這麼強，真期待對妳使用【追隨我的眾騎士】。」

「我也很期待呢。能讓少爺把那個注入我的體內一直保持聯繫，實在好棒。」

聽起來有種說不出的猥褻感，會是我的心理作用嗎？

雖然我也想馬上對塔兒朵賦予【追隨我的眾騎士】，但在那之前我想做一些實驗。

我希望能適度調節賦予的技能。

在我的技能還有從艾波納借來的技能當中，有我明確想交給塔兒朵的技能存在。

我所擁有的技能中，要賦予她的是【成長極限突破】和【超回復】。

這個組合極為強猛……跟魔族交戰後我才曉得。那並不是憑人類的能耐可以挑戰的對手。

我希望塔兒朵超越人類。

接著則要賦予她艾波納的技能，【可能性之卵】。

不知道能否選這三項來轉讓，我要先做一些嘗試，再把力量交給塔兒朵。

「要讓少爺為我施展只能對三個人用的技能，我會覺得自己不配……可是，我又忍不住希望少爺一定要選我。」

「我不可能不選妳啊，塔兒朵，妳是我的家人，也是寶貴的助手。」

一開始我只是把她當成道具弄到手，然而，現在就不是那樣了。

……用了洗腦技術讓塔兒朵懷有絕對忠誠心的我說這些，或許會顯得厚顏無恥，但是我相信我們之間有著真正的情誼。

「是的！對我來說，盧各少爺就是一切。請問另外兩個人決定是誰了嗎？」

「有一個會是蒂雅。」

蒂雅是我的女友，我們遲早會結婚。即使撇開這些，她仍是就我所知最為優秀的魔法師。

我沒有理由不選她。

「另一個人呢？」

「有點讓我苦惱。按理講會是瑪荷，然而她負責後勤支援，戰鬥力並沒有多重要。如果需要即戰力，我爸爸也是一個選擇……不過當前先保留，當我覺得必要時再選。」

既然一輩子只能選三個人，切忌心急。

空一個名額的狀況反而稱我的意。

「我個人覺得瑪荷小姐合適，因為她對少爺用情之深幾乎跟我一樣。」

「那我會考慮。差不多該回去了，晚宴有邀請我們。」

「我開始緊張了。我會努力避免讓少爺丟臉。」

我並不擔心。

畢竟塔兒朵的女僕技能已經達一流水準。

◇

晚宴，那並非由王室安排，而是跟我們一樣獲准暫居王城的貴族所籌辦。

參加的有獲准暫居於王城的高尚貴族及其家人。

總計五十人左右。

列席者全都可以輕易掀翻圖哈德這般的男爵家。

我們一入場，視線便聚集過來。

首先是身為話題人物的我，再來則是母親、塔兒朵、蒂雅。

儘管在場的貴族都已看膩美女，這三人仍屬姿色出眾，目光無論如何都會被她們吸引才對。

我感到驕傲，心裡頭卻也有疙瘩。

塔兒朵顯得手足無措，母親和蒂雅倒是都習以為常。

現場更有熟面孔。

諾伊修·凱菲斯。

這個國家的四大公爵繼承人之一，同時也是我們的同學。

他朝我們使了個眼色。

「這次獲邀餐聚，感謝各位的美意。」

父親行了禮，我們也跟著效法。

我們聽從對方的指示，依序入座，塔兒朵則是隨侍於後。

以地位來講，圖哈德應排在下座，但這次我們屬於主賓就被領到了上座。

「圖哈德男爵，明明還有授勳典禮要準備卻邀你過來，真不好意思。我有許多話想跟令郎談談。大家都坐吧。」

凱菲斯公爵親切地笑道，眼裡卻沒有笑意。

中等身材的他有幾撮白髮，相貌端正，更重要的是具知性光彩。

正牌的貴族，穿著華麗卻絲毫不顯刺眼，協調得當。

……我環顧四周，像樣的貴族居多。

這些人應該是由他主辦遴選出來的吧。

物以類聚。不知道是像樣的貴族身邊會聚集像樣的貴族，或者凱菲斯公爵有對底下徒眾予以教導。

不一會兒就上菜了。

「原來是這麼回事啊。」

我低聲咕噥。

今天的菜色所用素材全來自北方。

三道前菜，有北方才摘採得到的山菜「索維艾」拌核桃；用同樣棲息於北方的大型雉雞「哈爾塔雉」製作的雞肉火腿淋莓果醬；棲息於北方河川的「格萊鮭」韃培（凍生魚片）。

接著端上桌的肉類菜色依舊是北方料理，以北方鄉土味噌燉煮的熊肉。

說來就連麵包也是用耐寒的黑麥烘焙出爐。

儘管在王城裡只要一句話吩咐下去，城內就會供餐，這些菜餚卻全都是從凱菲斯領帶材料過來，由他們的廚子料理而成。

這並不代表對方想念家鄉菜，更不是為了向派對參加者宣揚自家領地之美。

在這種場合端出這樣的菜餚，是要表達自身的立場與意志。

表示凱菲斯領無意聽從王室……不，無意聽從中央的決定，將憑自身的意志採取行動。

「如何，今天這些菜色，會不會比中央的菜更合你胃口？」

對方的目光對著我。

「這幾道菜固然美味，但是中央的菜也不差喔。」

他問這句的用意，就是想知道我是否願意歸順北方，亦即凱菲斯公爵家。

所以我表示依現狀並不能接受他的提議。

現場氣氛變得有些緊張，父親隨之開口：

「我們就別用中央的那一套拐彎抹角了。我敢保證這裡並未遭到竊聽，也沒有奸細……只要凱菲斯公爵邀來的各方人士沒有告密者混在其中，就大可放心才對。」

父親所說的話，讓凱菲斯公爵的黨羽激動得站起身。

「我們之中怎麼可能會有那種分子！」

「圖哈德男爵，你會不會太得意忘形了！」

凱菲斯公爵瞪向那些失態的貴族，他們就閉嘴坐了下來。

實在是調教有方。

「我的部下們失禮了。畢竟，他們都有些操心成性。」

用拐彎抹角的手段是為了避免在事情敗露時留下把柄。

假如在剛才的對談中，對方講出「要不要參加凱菲斯公爵的陣營？」這種話，一旦事情公諸於世，難保不會被視為背叛王室。

反過來說，只要在這裡談的事不會洩露出去，那一套就可以免了。

「那麼，我就直話直說吧。此次中央所做的決策，我們這些人並未心服。基本上，你殺得了魔族嗎？」

銳利目光將我射穿。

「我不確定。上次的魔族我有殺掉，卻無法完全殺死。再怎麼殺都會復生，若沒有勇者艾波納在場，我應該就只能逃了。」

「哦，你無法完全殺死魔族，卻曾經成功殺掉是嗎？簡直難以置信。為何你辦得到那種事？」

「我持有S級技能。」

「那是什麼樣的能力？」

「技能被人曉得，等同於當眾公開我的弱點，請容我對技能的細節保密。」

擁有S級技能的人本來就是億中選一。

光是擁有便可說具備英雄的資質。

「那好吧。但是，既然你無法完全殺死魔族，不就沒有意義了嗎？」

「我創出了一種能完全殺死的方法。不過，目前仍未得到實證。在下次魔族出現之前，我沒有試過就無法斷言自己殺得了，因此我會說有可能殺得了。」

隱瞞也沒有益處，我便老實回答。

「原來如此……萬一得到實證就驚人了。史上將首度有勇者以外的人誅討魔族。」

這個人明白那是多麼重大的事情。

不只我，或許會變成連其他人都殺得了魔族。

「所以，與其讓我遭遇事故或病死，賭王室將失去把勇者留在中央的正當性，賭我能殺掉魔族會比較值得……何況我也不想死，遇敵自然會全力抵抗。要殺擁有S級技能的我可得費一番工夫。」

「哈哈哈，看來早被你識破了。」

我們從啟程就沿路被跟監，進入王都後卻換成了一批狠角色接手。

換句話說，假如我殺不了魔族，這些貴族打算趁現在推翻勇者不必到地方支援的決策，藉此減少損失。

「你很有意思。上天讓圖哈德男爵生了個英才。」

「沒錯，盧各是我的驕傲。這並不代表事情就談到這裡為止吧？」

「嗯，這次的事讓我們完全被中央冷落了。王室還算清醒，政權卻受到了那些傢伙主導。」

那些傢伙，是指東與西的四大公爵之二。

北與南，凱菲斯公爵家還有跟圖哈德關係甚篤的公爵家皆屬正派，不過東與西兩家就是在負面意義上頗有貴族習氣的貴族了。

「盧各小弟，若你真的殺得了魔族，之後名氣應該會扶搖直上。屆時東與西兩家都不能視你為無物。要是可以吸納到勇者與你的力量，就能抹去那些傢伙的影響力。能不能請你相助？當然了，我會支付酬勞，也願意全力提供你後援。」

誅討魔族能得到來自大貴族的支援是再好不過。

有凱菲斯公爵當靠山，要在貴族社會求生更是無往不利。

但是，如果在此被他吸收入夥，活動上會變得困難也是事實，令人苦惱。

「具體來說，是用什麼形式吸納我？」

我一面讓思緒運作，一面催對方繼續說下去。

「由我凱菲斯家與圖哈德家聯姻，血緣是最深的聯繫。就讓小兒諾伊修，與府上的美麗千金克蘿蒂雅一同促成這門婚事。」

「恕我拒絕。」

我立刻做出回答。

與公爵家牽上線，數不盡的權力與財富應該都會湧進圖哈德家。

反過來講，拒絕的話就有可能與凱菲斯家為敵。

即使是這樣，他的提議依舊免談。

我不可能把蒂雅交出去。

我早就決定在第二次的人生要隨自己高興活著。

因此，為了本身的戀情，我連大貴族的提議也敢一口回絕。

「作主的並非當家，而是由你回答？」

「沒錯，因為你需要的不是圖哈德之力，而是我身為第二勇者的力量。父親也會交給我決定才對。」

「是啊，交給盧各決定吧。」

凱菲斯公爵大概沒料到會被拒絕，微微地皺了眉頭。

單純用利害得失來計算就不可能回絕的提議。

他們有心展現最高誠意。

要跟蒂雅談親事的不是那些貴族黨羽，而是凱菲斯公爵家，還挑上家中繼承人來提親，代表的正是其誠意。

「……這樣啊，遺憾歸遺憾，我還是期待你能活躍。待你打倒魔族之時，我再現身吧。下次我會做出不同的提議。」

「好的，我衷心期待。」

「嗯，麻煩事都談完了，接下來大家就放開心胸享受這頓飯吧。我們大廚做的甜點可是絕品。」

「那我就恭敬不如從命了。」

對方完全沒有挽留。

應該是因為看到我的反應，察覺提親無望吧。

之後，我們便放開心胸享用菜餚。

蒂雅很中意北方料理。看到她這樣，我一邊吃一邊推敲食譜，大致想像出要怎麼烹調了。

下次我想試著為蒂雅煮一頓，而且要比今晚的更美味。

我喜歡她，所以我不會讓人奪愛，也希望討她的歡心。

Episode8

第八話——暗殺者成為聖騎士

The world's best assassin, to reincarnate in a different world aristocrat

那天之後，我仍被逼著出席各式各樣的派對。

實在令人煩悶。

貴族當中，似乎有一部分人會把領地交給部下經營，還認為本身能居住於王都的別邸是一種地位象徵，平日都在跟同類開派對。

我認為虧他們可以把日子過得這麼麻煩。

「小盧好受到青睞喔，短短幾天就有一大堆人來說媒。」

「媽，我現在很累，妳不要提那些了。」

之所以派我代替勇者到地方上，只是想把勇者留在中央待命的藉口罷了，實質上我是被當成一顆棄子。

明明如此，卻有不少人將中央發表的那一套照單全收，到哪裡都有人來說媒。

「小雅也接到了好多件呢。」

「全都免了，我看都不想看。我跟盧各一樣覺得那些人好煩。」

蒂雅從待在維科尼時，拒絕掉的這類親事就已積成山了，所以她比我更排斥相親。

「呵呵呵，小盧，幸好小雅都沒有興趣呢。那時候，你的表情好驚人喔。」

「我也覺得很欣慰喲，能讓盧各吃醋。」

母親說的那時候是指在凱菲斯公爵那頓飯局上，談到蒂雅跟諾伊修的婚事時。

我是有訓練不將情緒表露在外，卻不小心露了餡。

「……妳們別再消遣我了。」

「今天的盧各好可愛喲。」

蒂雅從後面摟住坐在床上的我。

塔兒朵羨慕似的看著這一幕。

想抱我的話，照著做又沒什麼關係。

「剩下的活動，總算只剩兩項了啊。真是漫長。」

我們來到王都後一連參加了好幾場派對，而那些總算要結束了。

今天終於會正式舉行授勳典禮，等典禮後的派對結束就可以回到圖哈德領。

才短短幾天，故鄉就讓我想念不已。

「既然小盧要風光登台，就得打扮得漂漂亮亮才行。」

「啊，我也要幫忙。噹噹～～化妝組合包。男人化一層淡妝也會很帥氣喔。」

「那個，我也想盡一份心力。」

她們三個節節逼近，有點恐怖。

父親看著這一幕，微微地笑了出來。

「……爸，看我傷腦筋很好玩嗎？」

「沒有，我是在想，從以前就莫名成熟又無懈可擊的你，在她們面前就看不出有多英勇呢。」

「爸，你在媽面前還不是一樣。」

「沒錯。或許圖哈德家的男人命中注定妻管嚴。」

那我可敬謝不敏。

身為男人，我還是想握有主導權。

……想歸想，結果我仍贏不過女性們的謎樣蠻力，就任由她們擺布了。

起碼定裝的模樣還不賴，這大概算不幸中的大幸吧。

◇

授勳典禮是在城裡準備的謁見廳舉行。

觀禮者會先入廳，身為主角的我和艾波納要之後才能進入廳內。

從早上，馬車就絡繹不絕地駛入城裡。

來自異國的也有不少。

既然是表揚討伐魔族功績的典禮，對別國來說應該也不算事不關己。

蒂雅用心化了妝，改換臉孔給人的印象。

因為從維科尼也有來賓蒞臨。

待在等候室的我被叫到，然後便被人引領至謁見廳門前。

艾波納已經在那裡了。

她穿著有勇者風範，以藍與白為基色且瀟灑英挺的男裝。

「你好，盧各。在這裡過得舒適嗎？」

「派對一場接一場，坦白講讓我很煩，虧妳能忍受這種生活。」

「啊哈哈，久了會習慣啦。我的力量怎樣？」

「已經調適過來了。起初力量強得讓人不知如何是好，但我設法用到熟練了。」

力量再強，駕馭不住也是枉然。

畢竟體能突然暴增，要適應在新境界的速度戰鬥讓我下了一番苦功。

「太好了。既然這樣，你肯定也能贏過魔族。」

「是啊。對上單打獨鬥型的魔族，我現在也不會落於下風。」

……獲得力量之前，要我對付領軍型的魔族應該也不成問題，可是碰到單打獨鬥型的魔族便難以應付。

領軍型就像日前來襲的巨魔，屬於會接連生出眷屬，然後率重兵壓境的魔族。數目破千的大軍固然棘手，相對地本尊力量較弱。反觀單打獨鬥型便無法生出魔物，但魔族本身的實力就強大過人。

兩者只是類型有別，無疑都會構成莫大的威脅。

「勇者大人、盧各大人，這邊請。」

傭人呼喚我們，似乎是典禮準備好了，門便打開。

紅色地毯一路延伸至王座，觀禮者分成兩側排排站著。

那些人當中，有意外的臉孔嚇到我。因為瑪荷在場。為了把典禮辦得盛大，眾多財力雄厚的富商應該也被找來了。

瑪荷似乎都刻意瞞著我，還吐了吐舌頭。

「受不了她。」

我們走在鋪設於中央的紅色地毯上。

現場所有視線朝我們聚集，教人難為情。

我在王座前屈膝跪下，並且低頭。

……看得出國王為人之和善與懦弱。

實際上，他應該就是那樣一名人物吧。

「勇者艾波納，抬起臉來。」

「是，陛下。」

艾波納站起身。

「此次戰役，幸能有你誅討魔族，所立功績不負勇者之名，應當有賞。」

語畢，賞賜項目被宣讀出來，內容可說是大手筆，而提到那些將會被送去艾波納老家時，她曾露出複雜臉色，但馬上又恢復原樣致以感謝之詞。

「下一位，盧各．圖哈德。於那場大混亂中，幸能有你探出魔族，引導了勇者。不僅如此，你打倒的魔物之多，更是勝過含勇者在內的任何人，還將魔族逼得瀕臨消滅。儘管你並非勇者，本領和功績卻能與勇者比肩。年輕英雄現世，此乃神賜的福音！」

現場的情緒比勇者艾波納上前時更加熱烈。

既非勇者又身分低微的貴族之子能被捧為英雄，算是極富故事性的發跡路途。

……雖然我無意追求這些。

「盧各．圖哈德，我要封你為聖騎士。你將獲得與勇者同等的權限。」

「謝陛下隆恩。」

聖騎士。有些肉麻的封號。

還能得到與勇者同等的權限，令人惶恐。

要做什麼大多都可以隨心所欲。

勇者的權限遍及各界。

「上前受封。」

我遵從國王吩咐，走到他眼前之後，國王便親自為我配戴首飾。

以劍徽點綴的懷錶。這就是用來保證我聖騎士身分的信物吧。

「盧各．圖哈德，期待你有不負聖騎士之名的活躍。大顯身手，將魔族驅散以示眾人吧。」

「我將克盡綿力以應陛下聖意。」

有幾個人鼓掌，接著那便散播為響徹房間的掌聲。

只看這一幕大概很感人，但我是要被派去對付只有勇者殺得了的魔族，所以形同叫我送死。

我姑且有在摸索殺魔族的方法，然而他們不可能知道這件事。

我想到這裡，頭就痛起來了。

之後我過得像機械一樣，會場轉移到舞池，開起了盛大的派對。

音樂聲響起，起舞的參加者也不少。

順帶一提，我很快就被人包圍起來猛問問題。

因為怕失言而落人口實，我始終避重就輕。

連用餐的空間都沒有。

總算等到能歇口氣。就在此時，樂曲切換了。

這是邀舞的絕佳時機，有許多貴族千金接近過來。

……我可不想被她們逮到。

如此心想的我手被人牽住了。

「能否請您與我共舞？」

「樂意之至，歐露娜的代理代表。」

牽了我的手的人是瑪荷。

謝天謝地，比連長相都認不得幾位的貴族千金要讓我放鬆得多。

我們配合音樂起舞。

為了將來潛入這種場合所需，我早就學會了跳舞。瑪荷在淪為孤兒前是富商千金，還接受過英才教育，又在歐露娜代理我的職務，因此這方面的經驗很豐富。

「聖騎士大人，您似乎累了呢。」

她沒有叫我盧各哥哥，而是稱呼聖騎士大人，應該是因為有旁人的眼光吧。

畢竟伊路葛·巴洛魯和盧各·圖哈德是不同的人，瑪荷與盧各在此是初次見面。

「還好，這種場合果真與我合不來。」

「我倒不覺得。由虛榮及幻想裝點的世界，您即使置身其中也能自在起舞才對。」

「辦得到的事與想要做的事，兩者是不一樣的。」

「順帶一提，目前屬於何者呢？」

「我欣然地在跳這支舞。既然舞伴是妳，像這樣也不壞。」

今天的瑪荷美豔動人。

她身穿成熟的藍色禮服，女人味十足。這種美色是塔兒朵或蒂雅身上見不到的。

「呵呵，我好高興……向您做個預言吧。好消息，就快到了。」

「這倒不錯。」

恐怕是之前委託瑪荷的那件事吧。

我運用巴洛魯的情報網，一直想弄到手的東西。

樂曲進入副歌，旋律變得激烈。

搭配的舞步亦然。

瑪荷笑了。像這樣跟她在一起，我覺得來到王都鬱積的憤懣逐漸清空了。

我們能如此共舞並不是出於偶然，都多虧瑪荷體貼我，比任何人早過來邀舞。

我想回報她的心意。

為避免別人聽見，我使用具指向性的特殊發聲法。

「瑪荷，我從王都回去以後會到穆爾鐸，因為有幾項工作。」

「依舊忙碌呢。」

「還好啦。然後，我們倆找一天約會吧。」

「我好高興，我會用心打扮的。然後，我還要跟戲院與餐廳訂位，還有……」

瑪荷陸續提出約會的方案。

這下似乎會很忙。

然而，我並不排斥。

平時都是由我為女伴領路，偶爾讓女伴領路也不錯。

◇

在那之後，我也有跟蒂雅跳舞，一回神，派對就結束了。

夜已深，但我們仍趕在當天啟程回去。

……這一趟，我在王都有莫大收穫。

於忙碌間所做的布局，應該會在今後帶來重大的意義。

Episode9

第九話　暗殺者約會

The world's best assassin, to reincarnate in a different world aristocrat

居留王都的漫長期間結束，馬車疾馳於夜路。

我跟父親交替駕車，目前輪到我。

兩旁有蒂雅和塔兒朵在，蒂雅卻從剛才就不高興。

「抱歉，我並沒有忘記約會的約定，原本我以為起碼能撥一天時間出來。」

「哼。這一點我用頭腦也能夠理解啊，所以才沒有向你抱怨。不過，情緒上可是另一回事，至少讓我鬧脾氣嘛。」

我約定過要和蒂雅在王都約會，答謝她努力研發殺魔族的魔法。

可是，我們陸續接到以圖哈德地位無法推託的邀請，就連一天的自由時間都撥不出來。

……連短暫騰出的時間也被諾伊修占去了。諾伊修跟他父親在場時一直很安分，後來卻要求與我祕密會面。

沒想到那傢伙居然有那麼狂妄的構想。

「我會彌補妳的。回去之後我們要到穆爾鐸，這次真的就能安排約會了。」
「穆爾鐸！之前去的時候，我有地方逛不完呢。」
到方才為止的不高興彷彿沒發生過，蒂雅臉色頓時變開朗。
在舞會上接到來自瑪荷的報告，我便打算前往穆爾鐸了。
而我也會帶蒂雅過去。
我還有想為她備妥的東西。
「不過，這樣沒問題嗎？少爺成為聖騎士以後，只要城裡下令就非得立刻前往當地吧。」
「沒問題啦。我預定待兩天一夜，不會停留太久的時間。」
聖騎士的職責是於外敵出現之際，就要被派赴當地。
移動上有一定程度的限制。
「呵呵，好期待喲。我們要去哪裡呢？」
「妳沒有指定的話，就由我領路。那裡是我的庭院。」
我用伊路葛．巴洛魯的身分過了兩年日子。
那裡可說是我的第二個故鄉。
「那麼，就拜託你嘍。因為，我還是希望讓男生領路……假如再搞砸，我真的會沮喪喔。」

「我會努力避免。假設在我們去穆爾鐸之前就有魔族出現於某個城市，到時候我們就在當地約會。」

「這樣倒也讓人期待呢，畢竟不太會有事情要到地方上處理。」

「因為都沒有那種必要啊。」

除非是格外好事之徒，不然貴族很少踏進他人領地。

蒂雅揉起眼睛，一臉愛睏。

「妳累了吧。別勉強，該睡就睡。」

在派對會場，或許是因為相貌美麗，蒂雅飽受那些貴族的公子哥兒糾纏。

她到底是大貴族維科尼家的千金，應付起來得心應手，但這並不表示她不會累。

更何況，時間已經晚了。

「那就承你好意嘍。晚安。」

話一講完，蒂雅便把我的大腿當枕頭睡了起來。

雖然說承我好意，她這樣未免撒嬌過頭了。

不過，我倒是占了便宜。

因為能就近看到蒂雅這麼可愛的睡臉。

而塔兒朵看似羨慕地看著蒂雅。

蒂雅便微微睜開眼睛。

「妳總是一臉巴望地看著呢。假如妳想要，就該開口說自己想要啊。塔兒朵，那是妳的壞習慣喲。如果妳想跟我客氣，記得要做到完全不形於色。像妳那樣期待被盧各關愛，還張著嘴想等甜頭落入口中，已經算是另一種形式的恃寵，很厚臉皮耶。」

「蒂、蒂雅小姐，我並沒有那種意——」

「我倒希望妳能對盧各還有我多信任一點。盧各又不會嫌棄妳那一滴滴任性，我也不會生妳的氣。來，假如想要枕著盧各的大腿，就開口說清楚。」

「……請問，真的可以嗎？」

「我是沒關係，盧各怎麼想就不曉得了。」

「怎麼這樣～～」

「妳拜託看看就曉得嘍。」

蒂雅把話說得滿重的，卻有道理。

我認為這也算蒂雅可愛的地方就是了。

「請、請問，盧各少爺，可不可以也讓我枕著大腿呢？」

塔兒朵用戰戰兢兢的語氣問道。

「行啊，我不介意。相對地，輪班駕車的時間一到，就要換妳讓我枕大腿了。」

「好的！我非常期待。」

塔兒朵一邊說一邊也跟著把頭躺過來，蒂雅則換了個位置方便塔兒朵躺。

同時讓她們兩人枕著大腿，難免覺得重，但是我莫名感受到的幸福成分似乎更多。
好啦，精神都來了。趕緊策馬回到讓我想念的家吧。

◇

回到圖哈德領，經過一天的休養舒緩身心以後，我們來到了穆爾鐸。
「……欸，盧各，雖然你從以前就異於常人，現在終於變得完全不像人類了耶。到底要怎麼做，才能只花短短兩個小時就從圖哈德來到這裡啊？」
「由我把妳抱起來用跑的。」
行李多的話，我就會用馬車，不然跑一跑比較快。
【鶴皮之囊】也還有空位，用不著介意行李。
所以，我便這麼做了。
何況獲得艾波納的力量以後，我也想測試自己如今的體能。
「盧各少爺，我不行了。」
塔兒朵坐到地上。
「不，妳光是跟得上就已經夠了。」
有我跑在前面擋風，塔兒朵固然減輕了許多負擔，但她能跟上仍是不凡。

在這個國家有如此本領的恐怕不到一百人。

「我也嚇了一大跳。我想著絕對不要被盧各少爺丟下就撐過來了。那我立刻去安排旅館還有跑腿，請你們兩位約會加油。」

「好，麻煩妳。」

我拜託塔兒朵先跑一趟瑪荷那裡，預先交辦事情。

瑪荷再精明，應該也料不到我已經抵達這裡了。

◇

於是，在穆爾鐸的約會開始了。

我帶蒂雅到鍾愛的糕點鋪享用蛋糕。

「嗯～～這種鮮奶油在舌尖上的觸感好棒喔。」

「這裡我們隨時可以來。」

雖然這屬於價格較高的店，但並非高級店。然而，所用材料的品質卻不會比高級店遜色。

更重要的是，甜點師傅的手藝好。

鮮奶油與海綿蛋糕，為所有點心打底的材料格外出色。

只講究氣氛的高級店不算什麼，像這種實力派的店才寶貴。

我喝起跟蛋糕一起點購的香草茶。

「盧各，這是你最愛的那種茶葉對吧。」

「看來這家店也成了歐露娜的主顧呢。」

化妝品牌歐露娜不只主打化妝品，也有銷售以富裕女性為客層的香草茶及甜點。

這種茶葉是我收購海外茶田，將該地種植的茶葉品種改良後的產物，在歐露娜以外的店家買不到。

對了，記得瑪荷也是這家店的粉絲。

以這家店提供的價格來想，這並非店裡用得起的茶葉。

應該是壓低價格批發，順帶做宣傳吧。這是隱藏的名店，客層亦佳。

與頂級的蛋糕一起享用，更能喝出香草茶的好。

有許多客人都希望在家裡也可以喝到這種茶，宣傳效果想必不錯。瑪荷做得很好。

「我得買份土產才行呢。這樣子，實在會有罪惡感……下次你也要帶塔兒朵兩個人出來約會喔。」

「土產我已經交代店裡要在離開之際送到了，所以妳不用操心。不過，叫我帶其他女生約會這種話居然是由女方說出口，真令人意外。」

「一般可不會這麼說。誰教塔兒朵太乖了，我難免會介意。」

說來說去，蒂雅還是肯把塔兒朵當成重視的朋友。

日前在馬車上的那些台詞，也是她為了塔兒朵著想才說的。

「……還有呢，說句不中聽的，或許是因為我有餘裕。因為我認為自己是你心目中的第一，才能容許有塔兒朵在吧。要不然，我想我大概會吃醋。」

「這樣啊，所幸我的心意有傳達給妳。那麼，差不多要走嘍，到下一間店。約會才剛開始。」

「嗯，走吧。」

我們手牽手離開店裡。

期待今天約會的不只是蒂雅，我也一樣。

◇

蒂雅一臉興奮地仰望我的臉。

「好厲害喔。明明沒有用魔法，表演出來的卻盡是比魔法更不可思議的把戲，有人被切成兩半還活著，還有人會瞬間移動，看到一半我懷疑他們有用魔法就試著去感應魔力，還真的完全沒有用魔法耶！」

我們看了所謂的魔術秀。

蒂雅身為大貴族，我猜她早就看膩了戲院所演的戲，就帶她看了這陣子從海外來表演而掀起流行的魔術秀。

看來蒂雅比我想像的還要滿意。

「很有趣吧？」

「盧各，你曉得他們是怎麼變的嗎？」

「今天的我都有看出來。」

「騙人。既然這樣，你說說看啊。」

「首先呢，表演人體切割使用的那張床有玄機，那張床的床腳有蓋上一塊布，形成死角對吧？精華就在那裡。其實有兩個人躺在上頭，像這樣把腰彎起來，負責上半身的人把下半身藏在床底下，負責下半身的人則是藏上半身。刀刃通過的是兩個人中間，所以人體並沒有被切割開來。」

「啊，聽你一說就想通了耶。」

原理極為單純，才難以察覺。

「那麼，瞬間移動呢？」

「那是雙胞胎啦。舞台上有暗門，空間夠躲一個人。表演者不是使勁把卡片灑向半空，還招展手上那塊布幔嗎？觀眾的意識會專注於卡片與布幔。他趁機躲進暗門後，雙胞胎的另外一名再從隔了一段距離的暗門現身。暗門盡頭會有密道，一般是由魔術師通過密道現身，不過他們運用雙胞胎的優勢瞬間出現在另一邊，加強了表演的震撼力。」

「說是雙胞胎，你怎麼發現的呢？」

「仔細看就會觀察到應該是雙胞胎的區別，像衣服一看就曉得了。即使是相同款式的衣服，皮革的光澤、髒汙、縫線，全都不一樣。」

「……盧各，即使撇開魔力、魔法或體能不提，你還是異於常人耶。」

我覺得自己好像被人講了非常沒禮貌的話。

「玄機弄清楚以後，妳舒坦了嗎？」

「嗯，舒坦了。不過，真虧你能看穿耶。」

「這算我的習慣。極端而言，魔術可以總括成兩種技術。一是動手腳製造死角，二是把想讓觀眾看見的部分秀出來，不想被看見的就不讓觀眾察覺。這兩點，都跟我的本職相同。所以嘍，當對方設法誘導我們這些觀眾的注意，我就會反射性地倒過來觀察。要不然，我在從事本職時就死定了。因此我都朝對方不想被看見的部分去觀察，自然會察覺到玄機。」

不只是基礎觀念，暗殺手法也有許多跟魔術類似的把戲。

由於這層關係，我在前世也學會了一整套魔術。鍛鍊創意、操控認知的技術，還有手指靈巧度。

暗殺與魔術非常一拍即合。

「你真的什麼都會耶……難道說，你還可以變出比那些更厲害的魔術？」

「我可以。」

「這樣的話，下次表演給我看嘛！我們就在屋邸辦派對。我說的派對不是像貴族辦的那樣，而是讓全家人都可以玩在一起的，然後由你來表演精彩的魔術。」

「聽起來很有趣。到時候妳可以幫我嗎？變魔術需要助手。」

「呃，只要不是被切成兩半或感覺會痛的魔術就可以喔。」

「有妳當助手就安心了。助手越美，越能映襯出魔術的精彩。」

「被你這麼說，會有點害臊耶。」

蒂雅用手臂緊緊勾住我的手臂。

我們倆走在入夜的街上。

今天的行程已經結束，只剩回旅館而已。

隔了片刻，蒂雅停下腳步。

「怎麼了嗎？」

「欸，盧各，那個，我們要不要多去一個地方？」

她停步的地點，是在旅館前面。

然而，那並不是普通旅館，而是可以讓人稍事休息的地方。

在圖哈德那樣的鄉下並沒有這種店家，不過都市裡就會有。

「呃，屋邸裡有塔兒朵還有姊……媽媽在，要做那種事情，果然還是有點難為情，所以我都不敢向你開口，但是在這裡的話──」

蒂雅帶著通紅得讓人心疼的臉龐，嘀嘀咕咕地說話。

或許是我的心理作用，她的氣味聞起來比平時更加醉人。

「我是不介意，但是進去這種地方的話，連我也沒有信心能把持住自己。真的可以嗎？」

「……你別問這種問題啦，原本就已經羞死人了耶。」

如蒂雅所言，她似乎已經不敢看我的臉而把頭低下去。

我從以前就希望能與蒂雅享受男歡女愛。

然而一旦出手，我似乎會掙脫理性的枷鎖而不知節制，所以才一直忍著。

但是她都把話說到這個分上，假如我還是不出手，那就不配當男人了。

「蒂雅，我會盡量溫柔地對妳。」

我也不聽她回話就拉起她的手。

蒂雅依然低垂著臉，卻用力回握了我的手。

時候終於到了嗎？

我吞了吞口水。

性交這檔事，我在前世與今生都體驗過好幾次了。

但是，跟心愛之人靈肉交合則是頭一回。

格外讓人緊張。

……我第一次緊張成這樣。連暗殺某大國總統時，我都不曾這麼緊張。

不過，我憑著暗殺者的技術，絲毫未將這股緊張顯露在外。

因為要是我不安，蒂雅應該就會更害怕。

Episode10

第十話 暗殺者任命

The world's best assassin, to reincarnate in a different world aristocrat

睽違的約會過得很愉快。

……而且，我終於跟蒂雅越過了那條線。

要對她溫柔，因為是第一次就別勉強好了。這些體貼的念頭一瞬間就拋到了腦後。

蒂雅實在太可愛，太惹人疼惜，使我無法自拔。

因此不小心讓蒂雅累壞的我便提議直接在旅館過夜，卻遭到她全力駁斥。

看來，她似乎不想引起塔兒朵的猜疑。

我是有些意外，原本還以為蒂雅屬於不會介意這種事的類型。

「蒂雅小姐，身體有哪裡不舒服嗎？看妳從剛才就提不起食慾耶。」

「沒有那回事喔。我很健康，健健康康的喲。沒錯。」

「如果身體不適，請妳直說，別客氣喔。啊，妳被蟲螫到了呢，脖子上有紅紅一塊，或許就是這個造成的。而且妳走路的方式也有點奇怪，看了會覺得在意。」

「那、那不是原因，我沒事，我沒事啦！」

我們正在旅館用早餐，蒂雅卻鬼鬼祟祟的。

她一會兒突然發呆，一會兒臉紅，變來變去忙得很。

應該是因為昨天那件事吧。

若有鬆懈，我似乎也會變成那樣。

原來跟喜歡的人結合是如此幸福而滿足，以往我都不曉得。

我跟蒂雅目光交接，就這樣對望了幾秒。

塔兒朵看到我們這樣，便歪頭表示不解。

我清了清嗓，然後開口：

「塔兒朵，昨天的事辦好了嗎？」

「是的，我去跟瑪荷小姐講過了。然後，我也打掃了我們的家。裡面還滿髒的，我都希望能定期過去打掃了呢。」

在伊路葛．巴洛魯時期，三人一塊住過的房子。

目前，瑪荷仍住在那裡。

肯定是因為太忙，她都沒辦法打掃吧。若是考慮到收入，聘個幫傭會比較好，無奈那裡有許多東西不方便被人看見。

「是嗎？或許這樣也不錯。我差不多該出門了，妳們倆可以隨意安排。」

我要以伊路葛．巴洛魯的模樣跟瑪荷見面。

因此，姑且不提塔兒朵，我跟蒂雅分開行動會比較好。

「遵命。蒂雅小姐，要不要像之前那樣，由我來做城市導覽呢？」

「……不必了。我覺得，走路會有點吃力。我會留在這裡看書放鬆。塔兒朵，不用介意我，妳隨意就好。」

「蒂雅小姐，妳果然是身體不舒──」

「並不是那樣喔。所以嘍，真的不用介意，我反而非常排斥被這樣牽掛。」

這同樣是我造成的。

我曾表示要灌注魔力以提高蒂雅的自癒能力，但她想體會那種痛而拒絕了我。

「那麼，就麻煩蒂雅小姐留在旅館。我會出門購物，艾思麗夫人有交代不少東西要我買。等事情辦好以後，我會買許多蒂雅小姐講過好吃的點心回來。假如還有需要什麼，請儘管吩咐。」

「謝謝，承妳好意嘍。」

她們倆似乎不會有問題。

差不多該出發了。

瑪荷應該伸長了脖子在等我。

再說，我也希望盡快把那弄到手。

跟魔族交戰前，那玩意兒有和沒有的差別可大了。

◇

我期待能弄到那玩意兒，就以伊路葛．巴洛魯的模樣來到瑪荷的辦公室，卻被她塞了大量文件到手上。

「伊路葛哥哥，那邊的文件拜託你嘍。要來的話，希望你起碼在一星期前先講一聲。這樣的話，我就可以安排出時間見面。那些要是不在今天之內處理完，會耽擱到歐露娜的業務喔。」

如此告訴我的瑪荷桌上也有文件堆積成山。

「不好意思。一聽說妳弄到那玩意兒了，我就站也不是、坐也不是。更何況，已經好久沒有放鬆心情跟妳好好聊一聊了。畢竟在王城，我們彼此都沒有那種餘裕。」

「……連我都覺得自己單純呢，居然聽哥哥這麼一講就喜上心頭。」

我開始過目文件。

瑪荷很忙碌。

畢竟她被我推上台當歐露娜的代表，還要協助我的暗殺生意。

要她撥時間出來是相當不容易的。

因此，我目前正在協助她騰出時間。歐露娜本來就是我的品牌，身為代表的工作我當然做得來。

代表的工作就是表明方針，還有批准。

現在我正一邊過目文件，一邊忙著分類成批准／駁回／保留的案子，從中卻可以掌握到歐露娜成長得超乎預期，讓我重新對瑪荷的手腕予以肯定。

當我默默地逐步處理堆積成山的文件時，有訪客進了房間。

「好久不見了，伊路葛少爺。」

「好久不見。上次像這樣跟你講到話不知道是什麼時候呢，貝魯伊德。」

現身的人是個臉上浮現出柔和笑容的好青年。

貝魯伊德．巴洛魯，伊路葛的哥哥。

身為巴洛魯商會的繼承者，不知何故卻在替歐露娜工作。

而他和氣地笑著，一邊加高了由文件堆成的山。

在他登場的同時，我便把口吻及嗓音從盧各轉換成伊路葛。

「儘管積了許多話想聊，還請兩位先收拾工作。麻煩也過目這些。」

「……貝魯伊德，我是來這裡處理其他案子的。除急件外，若能延到日後再說就太好了。」

「這些都是急件喔。瑪荷為了出席王城的派對而胡來過頭，現在可忙了。」

「其實我不希望你提那些呢。」

瑪荷露出了尷尬的臉色。

對喔，要參加王城的派對，把來回的日程算進去就會耗掉好幾天。

工作積得這麼多也是在所難免。

瑪荷會在當時露面，是她身為歐露娜代表的業務。該場合有貴族及各界龍頭，屬於建立人脈的絕佳時機，對新興企業歐露娜來說也是應當參加的派對。不過，她更掛心的是我。

真的，我一直在給她添負擔。

果然要盡快想辦法才行。

……將我之前就在考量的那件事提早一些好了。

我一度停下手邊工作，並轉向貝魯伊德那邊。

「我以歐露娜代表之權限，任命貝魯伊德為歐露娜的副代表。他的權限會與代理代表瑪荷幾乎同等，不過，一切都以瑪荷為優先。」

我擬定契約書。

迅速列出所需的綱要，最後再蓋印。

我把契約書塞給貝魯伊德。

事情來得太突然，貝魯伊德說不出話，但我毫不介意地繼續說明。

「我決定讓貝魯伊德掌舵，而非擔任瑪荷的輔佐。所以嘍，貝魯伊德也得到批准這些文件的權限了。能不能請你一起來處理文件？」

「請、請問，這樣好嗎？」

「歐露娜是我的品牌，我說可以就可以。把這些權限交與你，是我從以前就決定好的。我看過瑪荷提交的工作成效、人品、屬下及客戶間的評價，才決定該這麼做。」

瑪荷的負擔太重。

光是擔任歐露娜的代理代表，對常人而言就忙不過來了，我還要她為我收集情報、張羅各項物資、執行暗殺事業的後援工作。

我希望能設法減輕工作量。

最簡便的做法，就是把歐露娜大部分的一般業務移交給其他人。

幸好貝魯伊德這名男人極為優秀，以人品來講也值得信賴。

貝魯伊德在創新方面的能力平庸，不過他對於既有事業的守成表現，可是比我們還要傑出的人才。

「……我很感激這項提議。其實，我累積了不少挫折呢。伊路葛少爺，以往透過瑪荷學習你的思路，讓我每天都過得驚奇連連而充實，同時，只能旁觀與扶持她卻又讓我焦躁。」

「我就知道你會有這種想法。以後希望你能盡情發揮手腕。」

所幸他似乎有打拚的意願。

這樣瑪荷就能輕鬆許多。

三個人合力處理，工作在轉眼間一項又一項地解決。

照這種步調，似乎撥得出時間跟瑪荷相處。

「看來就快結束了呢。」

「果然，三個人處理才快。」

「只是你們兩位處理的速度不尋常而已。」

貝魯伊德用傻眼的表情望著我們。

純屬熟練的問題。

於是，工作總算結束。

先泡杯茶歇一歇吧。

這麼心想的我站起身。

同時，貝魯伊德開了口。

「呃，伊路葛少爺、瑪荷，我有事情無論如何都希望你們聽我說。」

他有一副男人下定決心時的眼神，然而，聲音卻在發抖。

有膽識的貝魯伊德會擺出這種態度是很罕見的。

究竟有什麼事？

「當然可以，我會聽你說的。我們一邊喝茶一邊談吧。」

「贊成，我渴了呢。」

……等聽完這件事，喝過茶以後就可以要貝魯伊德回去，跟瑪荷兩人獨處，然後收取我要的那玩意兒。

終於可以得到新王牌了。

精確來講是製作新王牌的材料。

我在前世也會趁關鍵時刻祭出的愛用品。

只要有那玩意兒，原本懵懂使用的各項技能應該就可以更進一步地運用。

能在與魔族戰鬥前籌措弄到手，實在太好了。

Episode11

第十一話 暗殺者得手

The world's best assassin, to reincarnate in a different world aristocrat

我用瑪荷拓展新管道得來的茶葉泡茶。

目前歐露娜已有經銷茶葉，而這又是從不同國家進口的。

在當地，茶葉似乎都像綠茶那樣不經發酵直接使用，但我嚐了以後覺得發酵過會比較美味，就仿效紅茶經過發酵才使用。

不僅是滋味，考量到藥效也是這樣比較好。

「這茶酸味偏強呢。疲倦時喝起來固然不錯，但這種口味會挑人喲。香味比入口的滋味還要難接受，聞了嗆鼻，感覺有種刺激性。」

「瑪荷，我也這麼認為。要擺到店面還得經過稍微改良……不，與其追求大眾化，或許加強香味以及酸味，並提高藥效反而好。這原本以藥效而言就有提神效果，還有麻痺疲勞感之效，與其用於療癒身心，還不如當成一種提神劑推銷，宣稱喝了可以強迫身體多工作一兩個小時。」

只要在茶葉的加工過程下工夫，我覺得這個問題就能夠解決。

而且符合期望的製品一旦製作成功，戰場上就會有需求。

「我們經營的客層有這種需求？」

「即使那些人不買，軍方也會有需要吧。瑪荷，往後魔族與魔物積極展開活動的話，嗜好品的銷量就會下滑，這種傾向已經開始出現了。貴族們也為了對付魔物及魔族而開始整頓軍備，花在嗜好品的支出正在減少。為了填補那個缺口，尋找不同於既有客層的目標做買賣會是個辦法。」

儘管只是靈光一現，但我有把握這樣做是正確的。

「不錯呢。假如軍方願意當成常備品，就能有大量且固定的銷路。銷售管道可由歐露娜獨占也是利處，考慮到藥效的話勝算十足。推銷包在我身上。」

「不愧是伊路葛少爺，喝個茶都能嗅到商機。我也得效法才行。」

這是我的長項。

畢竟藥草既可入藥，也可為毒。

我身為暗殺者，自然熟於應用這些。

「我會朝那方面改良，完成以後再寄給瑪荷。還有，跟之前一樣，可以的話，麻煩妳對當地出產這種茶葉的茶田連同茶農一起著手收購。」

「我明白了。沒想到你會這麼中意。」

「我中意的是藥效，畢竟它屬於這塊大陸難以取得的作物。」

知識與技術再怎麼豐富，沒有材料也無從下手。

既然是國內無人栽種，又含有效成分的茶葉，我便希望盡可能儲備。

……而且除了充作商品，我個人也需要這種成分。

「我會著手的。剛好一般業務可以交給貝魯伊德，我手邊也有空。」

「那些就交給我了。雖然我也想經營新業務，無奈仍然只有草案而已。在計畫完成之前，我會致力於守成。」

「兩位，拜託你們了……對了，貝魯伊德之前提到有事想告訴我對吧。現在潤完喉嚨，是不是可以開始談了呢？」

貝魯伊德會講得如此鄭重，可見是相當重大的案子。

「萬分感謝。我本來只想對瑪荷小姐說的，但是我認為這樣不公平。既然要講，我決定選在伊路葛少爺在場時講清楚。」

貝魯伊德忽然正色，先是看了瑪荷的臉，接著才朝我的臉看過來。

「瑪荷小姐，請妳嫁給我。希望伊路葛少爺能准許這門婚事。」

我和瑪荷望向彼此的臉。

我心慌了，瑪荷卻顯得鎮定。

而且她哀傷地露出微笑。

「令人意外，巴洛魯商會的少東居然向身為一介平民的我說出這種話。難道沒有更好的對象嗎?無論對你,或者對巴洛魯商會來說。」

「瑪荷小姐,不會有比妳更好的女性。跟妳共事,讓我打從心裡迷上了妳。家世根本沒有關係,妳的手腕比任何家世或財產都要有價值。更重要的是,我迷上了妳的美麗與堅強,我是認真的。」

「是嗎,你是認真的?那麼,我也要認真回答你。對不起。」

瑪荷低下頭。

連半點遲疑都沒有,瞬間就做出答覆。

居然拒絕巴洛魯商會少東的求婚,正常來想是絕無可能,她卻這麼做了。

假如接受這門婚事,就會成為世界屈指可數的有錢人吧。不僅如此,瑪荷還可以立刻奪回她父親的商會。

「理由……也不用多問了呢。我懂了。但正因如此,我才想講清楚。伊路葛少爺,你好卑鄙,明明已經察覺瑪荷小姐的心意卻不理睬,還將她束縛住……我要走了。」

「等等。」

「請你放心,工作我仍會善加處理。我會把戀愛與工作分開思考,賭上我身為商人的尊嚴。」

貝魯伊德從房間離開了。

沒想到他竟然會向瑪荷求婚。

不對，事情演變成這樣並不奇怪。

因為瑪荷是個有魅力的女性。

「瑪荷，這樣好嗎？只要跟巴洛魯商會的繼承人結婚，任何生意妳都能做。再說，妳的夢想也會實現。」

「無所謂，我是屬於哥哥的人。」

瑪荷朝我抱了過來。

明明發生過那種事，瑪荷卻一如往常。或許是心理作用，她顯得莫名欣慰。

「被男人求婚，果然會讓妳感到開心嗎？」

「什麼叫果然嘛。不是的，我欣慰的是哥哥肯為我吃醋。目前你明明是以伊路葛的身分在活動，卻心慌得現出了原形。你講話的口吻變回來了，難道你沒發現？」

「真是丟臉。我還有得練。」

照我這副德性，才不可能謊稱自己沒心慌。

瑪荷會被人搶走──如此想到的瞬間，我內心就像綁了鉛塊。

在前世，我從未倉皇到這種地步。

縱使在臨死之際也沒有。

應該是因為我變成人類了吧。

「平時都在吃醋的我會覺得哥哥活該呢。伊路葛哥哥，你偶爾也要嚐嚐吃醋的滋味。我平時都是那樣的心境喔。像昨天，你還跟可愛的女友一塊進了那種地方。」

「妳怎麼會曉得這些？」

「這座城市可是位在我布設的情報網中心。即使你用盧各的身分活動，所有情報仍會傳進我耳裡。」

「……妳真是可靠。」

「是啊，沒有錯，我很方便的，所以你別放手。假如你沒有好好留住我的心，將來我說不定會跑掉喔。」

「怎麼做才能留住妳？」

「要留住女性，我想手段就只有一種。」

我明白瑪荷的要求。

但是，我不能答應她的要求。

「我帶了伴手禮過來，妳喜歡的克爾洛紐的泡芙。」

「呵呵，我在你眼裡還真是廉價。不過，今天我原諒你。我有耐性，我還能等。」

「不好意思。」

「但是，別以為我會永遠等你。」

「我會銘記在心。」

人心的轉變，我已經看到不想再看了。

正因如此，我覺得不能太過憑恃瑪荷的愛。

「那好，進入正題吧。伊路葛哥哥，你一直想要的東西終於弄到了。越過海洋，位於遙遠南方的某支部族在降靈儀式上用於進入恍惚狀態的祕藥材料。這是將名叫馬爾胥的菇類曬乾製成的產物。」

瑪荷從皮囊裡拿出了香菇乾擺到桌上。

我則用手指把香菇乾捏碎，讓碎屑在舌面打轉。

「……押對寶了。這樣我就能發揮看家本領。」

「這東西，你要用在哪裡？」

「製藥。之前我不是曾做出能解除腦部限制，暫時提高魔力釋出量的藥嗎？」就是因為有那種藥，我才能在魔族襲擊學園之際存活下來。

「對啊。收集材料花了不少工夫呢。」

「這次我一樣要製藥。其效能可以暫時將集中力提升到極限，並增進大腦的處理能力。」

「那種藥，你想用在什麼地方？」

「我變得稍微強過頭了，身體的調適功能跟不上。為了在真正的強敵出現時動用全力，我會希望有那種藥。還有，另一個目的則是要對技能做實驗。所謂的技能不是光會用就好，還能鑽研得更為深奧。我目睹勇者作戰才發現的，而關鍵就在集中力與運算力。要練到那種境界，會需要藥物。」

為此我才想把藥製作出來。

我要做的，是沿襲前世精製毒品的貨色。

蒐集材料之際，我憑靠了各地流傳的傳說與儀式等等。

此刻我當場用舌頭嚐過就有把握，這玩意兒是我要的。把這個還有以往蒐集的藥物調配在一起，就能弄到我追求的藥。

今天，我泡給瑪荷與貝魯伊德喝的茶葉也是材料之一。

「真危險。不過，設想到哥哥準備做的事就會需要呢。交給我吧，我會盡快打好基礎讓貨源穩定。」

「好，麻煩妳了。抱歉，都是我在麻煩妳。」

我欠了瑪荷太多人情。

希望將來能還清。

「無妨啊，我都會收取代價。跟我約會。你都可以跟可愛的女朋友約會了，總不會說不能跟這麼努力的我約會吧？我已經在十分美味的餐廳訂了位喔。」

「是嗎？也邀蒂雅和塔兒朵一起去好了。」

「不行喔，我說過這是約會吧。雖然我也在賓館訂了房，但是那邊我會取消。從哥哥的性格來想，跟女朋友初體驗的隔天就要抱其他女人，實在有困難嘛。」

「感謝妳的體貼。」

「不客氣。嗯嗯，從剛才的反應來看，我認為隔一段時間以後，等哥哥有餘裕對自己的內心找藉口，在那種狀況下就行得通了。到時候我會拉著你去。」

我得多多留意。

雖然我並沒有排斥跟瑪荷發生那種關係，但我不希望半推半就地做那種事。

「蒂雅和塔兒朵都乖巧好應付，然而跟妳在一起總會被牽著鼻子走呢。」

「懂得替男人做面子的聽話女人……誰教我覺得自己在那方面比不過她們兩個。我會用我的魅力決勝負，所以嘍，約會就交給我領路。」

於是，之後我在瑪荷的引領下享受了一場約會。

偶爾像這樣讓女方主導也不錯。

幸好能在跟魔族交戰前取得藥的材料。

這肯定會成為王牌之一。

更何況，只要在服藥的狀況下深度運用【追隨我的眾騎士】，恐怕就可以任意選擇要交給塔兒朵和蒂雅的技能，我有這種感覺。

回到圖哈德領以後，立刻就來進行藥物的調配與實驗吧。

Episode12

第十二話　暗殺者捲入陰謀

The world's best assassin, to reincarnate in a different world aristocrat

在穆爾鐸辦完事情的我們決定搭馬車回去。

雖然像來時一樣跑回去會快得多，但我有某個理由。

「蒂雅、塔兒朵，妳們覺得在貴族社會最恐怖的是什麼？」

「唔，我想是權力吧。還有金錢！」

「我也跟蒂雅小姐持相同意見，貴族的大人物甚至沒有把我們當人看待。啊，不過，圖哈德就完全不一樣了。」

權力及金錢確實是貴族的力量象徵。

「妳們猜錯了。金錢及權力是恐怖的，不過呢，光是握有那些並不恐怖。問題在於，動用這兩者的動機。貴族的行動原理大致有三，出人頭地的欲求、面子、嫉妒。尤其第三項最為棘手，畢竟其他動機多少還可以掌控，只有嫉妒無從下手。」

「……啊，這我或許能夠理解。」

塔兒朵歪頭表示不解，然而蒂雅生為大貴族，似乎就相當能體會我要表達的意思。

「貴族這種生物一旦受嫉妒所驅，就會變得有攻擊性。首先會跟同樣受嫉妒所驅的同伴一起說人壞話，也會散布謠言陷害人。假如這樣還不能滿足，就會設法讓對方中圈套……或者採取更加直接的手段。」

「呃，你說直接的手段是指？」

「意思就是有礙眼的蒼蠅大可動手拍掉。尤其嫉妒的對象若是下等貴族，不只會加深『憑那傢伙也配』的心理，又方便靠實力的差距將其鬥垮，便很容易採取行動。」

出頭鳥在任何世界都會挨打。

而貴族則是拘泥於虛榮心又小有權勢，情況就更為惡質。

不過，因為受封聖騎士而遭受嫉妒，多少會讓我覺得荒謬。

畢竟這是為了把勇者留在中央才準備給我的大帽子。

「嗯，所以你才特地選擇搭馬車回去，又挑在這種時候談那些嘍？」

「虧妳想得通。我們從今天早上就被一批狠角色跟蹤了。從完全揪不住對方狐狸尾巴這點來看，屬於頗有能耐的高手。」

「那會不會只是在監視呢？」

「八成不是。單純監視不會散發出殺氣。」

對聖騎士有興趣的人多得是。正常應該可以照蒂雅所說的視為監視。

然而，正因為我是暗殺者才會切身感受到，對方冒出的殺氣。

「盧各少爺，既然如此為什麼要選在天色暗的時段搭馬車離城呢？這樣跟表明叫對方來襲擊差不多啊。」

「我就是要叫對方來襲擊。這是在釣魚。一直被伺機找碴應該不舒服吧。所以，我要讓對方出手，還以顏色後再把人逮住……逼對方招出雇主。」

會絆腳的害蟲就該盡早揪出來，不從源頭斷絕是不行的。

「可是，事情會進展得那麼順利嗎？」

「順不順利要看我們。幸好，對方似乎有安排。三百公尺前有兩棵包夾著街道的樹吧？妳們仔細觀察那兩棵樹之間。」

我說的話使她們倆將魔力集中於圖哈德之眼。

「啊，盧各少爺，有一條細細的線。」

「朝那種地方撞上去的話，馬兒就太可憐了。」

有鋼絲般又細又堅韌的線拉得緊繃。

太陽已經下山，若非有我，就會渾然不察地撞上去，傷到馬腿讓馬車翻倒吧。

「所以，我們要朝那個陷阱撞上去。」

「我懂盧各的想法了。你覺得避開陷阱的話，對方或許就不會攻過來對吧？」

「答對了。我要巧妙地摔這一跤。妳放心，我會讓馬兒摔得輕一點。」

「這我並沒有那麼擔心喲！」

這匹馬是租的，讓牠掛彩的話要付高額賠償金。

……對於擁有歐露娜的我來說固然不是多大的金額，但我不打算浪費錢。

為了捧得巧妙，我聚精會神地操控轡繩。

「先跟妳們倆交代注意事項吧。來襲者有意殺我，因此相當老練。」

於巨魔魔族襲擊之際的活躍大概無法讓人輕信，然而我是以首席成績入學，還曾經單挑打贏騎士團的副團長，對方也知道這一點。

主謀者不會派三腳貓來。

「嗯，我就覺得是這樣呢。」

「所以，我覺得這剛好能成為不錯的練習。塔兒朵還有蒂雅，敵人就交給妳們擊退吧。」

她們倆睜大了眼睛。

「咦，由我們對付嗎？」

「少爺，我不太有自信。」

「沒問題的。追上來的那一伙有三個人，實力為騎士團的副團長等級。虧對方湊得到這樣的陣容，幕後黑手八成是哪裡的大貴族。」

具備魔力者有多強，端看與生俱來的資質有多少。

正因如此，貴族才會不停招納強大的血統，好比配種似的一直改良品種至今。

這麼做可以生出強大的子嗣，強大的子嗣會帶來財富，然後就能將心力與金錢投注在教育方面。

這個國家一定程度上有本領強弱與權力成正比的傾向。

有如此高強的對手來襲正好。

畢竟身上繼承有高貴血統，一無所知地被人當棄子利用的可能性極低。

「我聽起來一點都不覺得沒問題耶！」

「都說沒問題了吧，區區副團長等級而已。蒂雅、塔兒朵，妳們都已經強得不會為此所苦了。準備好，要摔車嘍，小心別咬到舌頭。」

幾秒鐘以後，馬腿就被那條線絆到。

我拖到緊要關頭才減速，以免讓對方察覺有異，還靈活地操控馬匹，一面注意不讓牠摔痛，一面巧妙地讓車廂與馬分離開來，車廂部分則是照對方期望橫倒在路上。

馬發出嘶聲爬起後逃走。

好，順利達成了。

在對方看來，會覺得我們中了圈套。

而我們身邊有巨大的火球飛來。

火系魔法。像這種車廂，應該一瞬間就會燒光。

……我稍微往上修正給對方的評價。那恐怕是嫡系貴族，而非旁系。

除非從小接受英才教育，否則使不出這等魔法。

「唉，真是夠了。有危險的話，你還是要救我們喲。」

蒂雅豁出去喊了一聲後，從大地聳立而起的土牆隨即包覆住車廂。

土系原創魔法，將術式簡化至極限以利在兩秒左右造出屏障，適用於實戰的魔法。

超高溫火球縱有威力也不具質量，未能穿透土牆就潰散消失。

不愧是蒂雅，迅速準確的魔法發動可比藝術，而且判斷狀況的能力也出色優異。

「好啊，我會從遠處觀望。妳們放心作戰……所以我先走嘍。」

話一說完，我便動用土魔法將地面挖掘開，並從馬車裡脫身而不讓來襲者察覺。

我把來襲者推給她們倆應付固然是為了訓練，然而我自己也有事要做。三名來襲者的手法莫名熟練。

這類玩陰招的人不會全是看得見的對手。

看得見的敵人交給蒂雅和塔兒朵，我要解決另一邊。

◇

蒂雅那道土牆垮下的同時，她和塔兒朵就衝了出去。

三名來襲者有兩人上前應戰，第三人則是在後方唱誦。

前鋒與後衛，理想的職責分擔。

相對地，她們倆則是由塔兒朵在前、蒂雅在後，採取了類似的陣型。

「【土牆】。」

蒂雅用了方才從火球攻勢中保護馬車的魔法。

形成的土牆將蒂雅包圍。

不同於方才的是前方有空隙。

這原本是蒂雅為了安全進行唱誦而研發的魔法。

以魔法為主軸，而非打肉搏戰的情況下，難免會有唱誦中無法靠魔力強化體能而毫無防備的弱點。

即使要前鋒保護自己，後方、側面會出現的死角多得是，風險便高。

正因如此，才要用這種魔法。

由土牆攔截前方以外的所有攻擊。

像這樣，只要塔兒朵沒讓敵人越過防線，就能製造安全的處境專心唱誦。

為了攻擊而將空隙開在前方，象徵蒂雅信任塔兒朵不會讓敵人越過防線。

至於塔兒朵……

「敵人，好厲害。」

形勢落於下風。

幸虧在馬車裡頭，她已經發動風鎧纏身的魔法，儘管勉強能招架，戰況卻是吃緊。

理由很簡單，因為對手有兩個人。

那兩人各為本領不錯的劍士，還從頭到尾利用走位對塔兒朵發動夾攻。

槍的優勢在於攻擊距離長，但是被那樣夾攻就發揮不了優勢，兩者中總有一邊可以輕易拉近敵我間距。

來襲者默默揮劍，將塔兒朵逼入絕境。

塔兒朵的風鎧不只能防禦，還能把風朝著任意方向釋出，藉此當加速裝置。

多虧有這項功能，即使間距被拉近，她依然可以靠風應付無法完全避開的劍，或者乘風拉開距離重整戰局。

話雖如此，那樣撐不了太久。

風鎧強歸強，效果時間卻沒有多長。

而且，憑塔兒朵的魔法唱誦技術，並不可能在戰鬥中重新發動風鎧。

可見塔兒朵倒下是遲早的事。

此時又來了進一步的追擊。

在後方唱誦的第三人已將魔法完成。

……那招是最初施放的火球。那大概是他能施展的最高火力魔法，把戲有限。

「既然敵人的魔法就這點本事，沒有必要提防呢。」

蒂雅用魔法將飛來的火球擊穿了。

同屬火系魔法，但是蒂雅的魔法應該稱為炎槍，威力差太多了。

炎槍擊穿了火球，還順勢將位於後方的施術者一併貫通。

蒂雅的原創魔法【炎槍】，不只讓火系魔法獲得了本屬弱項的貫穿力，甚至能追蹤敵人。

她察覺到塔兒朵被人用魔法瞄準，所以早就做好了準備，無論對手施展什麼樣的魔法都可以迎擊。

而且，既然打倒了後衛，蒂雅就不必防備敵方的魔法，也可以參與攻擊。

正因明白這一點，來襲者也開始拚命了。他們已經注意到蒂雅的魔法有多大威脅。

不巧的是，塔兒朵的風鎧正逐漸解除，有效時間到極限了。

其中一名來襲者將間距拉近，進入出劍的距離。而且塔兒朵還分神在另一人身上，反應慢了半拍。

來襲者臉色一緩，舉劍揮下。

長槍這種武器被逼近後就不好應戰。

從敵人來看，這種距離、這個時間點，要取勝有十成把握。

不過，他誤解了。

塔兒朵雖會用長槍，卻不是槍術士。

三道槍聲響起。

塔兒朵放下長槍，從繫在右大腿的槍套拔出手槍，連續開火。

換成手槍，在出劍的距離就能進一步攻入敵方內側。

威力高達麥格農子彈兩倍的彈藥連魔力強化過的肉體都可貫穿。在我的設計下足以辦到。

……塔兒朵有好好遵守我的囑咐。

用那種短槍身搭配如此威力，就不可能精準射擊。

所以我有教她那把槍必須在近距離使用，還得瞄準軀幹中心而非要害，無論中不中都要連開三槍。

她遵守了這一點。

瞄準軀幹中心，即使彈道有些偏移也還是能命中身體某處。連開三槍則是為了確實取命。

實際上，來襲者的右肩頭及左膝以下都開花了，腹部更冒出大洞。

彈道就是從軀幹中心偏離得這麼遠。萬一瞄準屬於要害的頭部，子彈應該就射不中了。

而且，假如只開一槍就殺不了敵人。

瞄準軀幹中心並連開三槍，就是射擊的定理。

「盧各少爺的槍保護了我……剩下一個人！」

塔兒朵把槍舉向僅存的那一人。

而那一人選擇了退後。

明智的選擇。既然合三人之力也傷不了塔兒朵與蒂雅分毫，單打獨鬥更不可能贏。

然而，遺憾的是她們倆不會糊塗到讓對方逃。

一道槍聲響起。

比塔兒朵那把手槍尖銳的槍聲。

步槍彈打穿來襲者的腿，使他摔了一大跤。

「我對狙擊可是挺有自信的喔。」

是蒂雅的【槍擊】。

有別於塔兒朵設想在近距離使用的手槍，那是以魔法造出步槍開火的遠距離精密射擊。

對蒂雅來說，屬於從小就用慣的魔法。

而且，蒂雅還會一併使用提升命中精準度的魔法，因此在三百公尺內狙擊的誤差可以控制到數公分以內。

有她這樣的精準度就能瞄準要害，即使只開一槍也無妨。

……她們倆都成長了。

正如我所料，那三個人是本領匹敵騎士團副團長的高手。要對付如此的三人不會苦到她們。

「塔兒朵，妳趕快把人抓住，因為只剩那傢伙了。」

「好的，我立刻就去！」

起初那兩人不立刻殺掉就會造成危險，因此沒有讓他們無力化的餘裕。

然而，最後一人則是要用來逼問情報便沒有殺掉。為此蒂雅才會瞄準腿而非心臟。

原本我以為她們光要獲勝就會費盡心力，沒想到居然還能顧及這些。

之後得誇獎一番才行呢。

◇

目睹她們倆獲勝以後，我做起我的工作。

以團隊執行暗殺會有某種鐵則。

那就是在實行部隊的後方要布署觀測員。

於實行部隊暗殺失敗的狀況，觀測員被賦予的職責是替我方收屍以及湮滅證據，就算辦不到這些也要將情報帶回去。

對方不僅以團隊採取分工行動，而且手法俐落，狀況應對熟練。正因如此，我才判斷有觀測員存在。

……還有，我絕不能放過那樣的角色。槍械與原創魔法是我方的重要底牌，對方別想把這些情報帶走。

我跟她們倆分開行動，就是為了找出觀測員。

原本還以為找出觀測員要花一番心思，多虧來襲者當中的第三人出錯才替我省去工夫。

他曾在逃亡之際求救，把視線轉向觀測員潛伏的位置。

我從觀測員的死角悄悄逼近，擲出短刀並避開要害，刀不偏不倚地插進對方側腹。

「唔！」

觀測員忍住慘叫，發出模糊的聲音。

刀上塗了連大象都會動彈不得的神經毒，脖子以下應該動不了半根指頭。

「放心，我不會殺妳。」

我從背後朝對方搭話。

觀測員似乎是女性，體型嬌弱，但身懷的魔力幾乎與蒂雅同等級。換句話說，以人類而言可列入頂級之譜。

……我有些訝異。跟這女的一比，那三個來襲者遜色多了。

有此等力量的人物，為何會來做這種骯髒差事？

「我有幾件事要問妳。老實回答的話，我不會對妳不利。但是，倘若妳不回答問題，我就會來硬的。」

這場襲擊有許多令人不解的疑點。

我們是祕密來到穆爾鏵的，而且來時的交通手段是用腿跑，情報最不易外洩。

明明如此，對方怎麼會在城裡發現我們？

還有，就算是出於嫉妒才動手，派得出這種精銳人員的大貴族如此行事，是否有欠思慮？

無論用什麼手段，我都得向這女的問出來。

「那麼，頭一個問題。」

就在我開口的時候。

女子的表皮裂開，從中冒出蟒蛇，獠牙伸了出來。

原來這傢伙並非人類，而是化成人形的蟒蛇魔物？

「嘖！」

我一邊咂嘴一邊驚險躲開，還拔出懷裡的短刀捅向對方當作還擊。

然而，被剖開肚皮的蛇流著血，卻還是跟我錯身，遁逃而去。

「我得向米娜大人報告，這傢伙危險，危險。」

雙方錯身之際，我聽見了蛇說話的聲音。

我突然感到目眩，當場跪在地上。

這是淋到那傢伙的血所致。

血裡蘊藏劇毒。從小培養抗體而能應付絕大多數毒素的我都會被剝奪行動自由的劇毒。

我發著抖，仍從【鶴皮之囊】取出槍械。

接著，我不依靠發花的眼睛，而是以風魔法感應對方，經過瞄準後，再用磁力操控魔法而非發抖的手舉起槍。

『只好殺了她。』

原本我想活捉對方取得情報，但對手是蛇。

即使射穿頭部之外的部位，仍會憑過人的生命力逃走。

第一要務是避免情報被帶走。

既然如此，該瞄準的只有頭部。要是想活捉而失手就完了。

「【槍擊】。」

子彈飛射出去，貫穿了蟒蛇的頭。

我腳步蹣跚地靠向樹木。

先用手頭的水洗掉毒素，再提高魔力強化自我痊癒力及免疫力。

我第一次中毒這麼深，就算全副活用【超回復】還是得花十分鐘左右回復吧。

強大無比的魔物，那絕不可能是尋常魔物。

……得把濺到四周的蛇血帶回去才行。

用途很多，這會成為不賴的土產。

◇

我足足休息了十分鐘才回到塔兒朵她們身邊。

塔兒朵和蒂雅在唯一活捉的來襲者前面露出凝重臉色。

「啊，盧各你好慢喔。」

「抱歉，對手比我想的難纏。妳們倆做得很好，能活捉對方是大功一件。」

我看向被捕的男子。

他被繩子綁著，也已經止血了。

……不，照這樣看來。

「為什麼他已經死了？」

雖說蒂雅的【槍擊】曾對他造成重創，但只要立刻止血就能獲救才對。

「對不起！我立刻做了治療，卻讓他死掉了。明明好不容易才有情報來源的。」

塔兒朵使勁低頭賠罪。

我則是動手驗屍。

「不用道歉，他的死因是中毒……應該原本就打算在失手被敵人逮住後自殺吧。」

另外，儘管我沒對她們倆提起，卻有一點更令人掛懷。

這種毒跟蟒蛇魔物讓我中的毒成分相同。那頭魔物與這幾個男的果然有所勾結。

而且，他並不是被捉才自殺。

毒素被變更成遲效性發作，預先讓這些人服下了。

無論有多麼出乎意料的事態發生，這些傢伙都在發動襲擊前就注定得死。

完全是用過即丟。

「等一下，這樣很奇怪耶！畢竟這個人是貴族喔，還是相當高貴的出身。我沒聽說過貴族會這麼不擇手段。」

蒂雅感到驚訝也是可以理解的。

那種魔力量不會來自尋常的家世。

更何況這傢伙身穿的鎧甲上頭所刻的家徽屬於奧萊納伯爵家。

圖哈德家要比都沒辦法比的大貴族。

跟那裡有關係的人物居然會被用在以服毒送命為前提的任務，到底是怎麼一回事？

「……這套鎧甲和家徽是奧萊納伯爵家的，而且，我認得這張臉。他是奧萊納伯爵本人。為什麼他會做這種勾當？」

「伯爵家的一家之主會做這種事？可是，他好笨耶。明明不惜自殺也要隱瞞情報，卻還像這樣穿了附家徽的鎧甲過來，根本都沒有隱瞞好嘛。」

蒂雅講得有理。

雖說這次是因為我認得奧萊納伯爵的臉，家徽就不算特別需要的情報，可是未免太馬虎了。

原本最希望隱瞞的情報便是事情由誰指使。

不，慢著，假如這樣的前提有錯……

「或許有比家族進退重要的情報，而他想隱瞞的就是那個。」

「這實在不可能喲，對貴族來說才沒有比家更重要的事物。」

正常來講是如此。

但是，這次襲擊並不正常。

說起來，伯爵家的一家之主成了棄子，還跟魔物聯手，又知道我們幾個在穆爾鐸，事情從頭到尾都不對勁。

思考到這裡，我腦中浮現一項假設。

……奧萊納伯爵想隱瞞的情報，莫非跟真正的幕後黑手有關？既然他是顆棋子，這麼想就很自然。

比方說，有魔族潛伏於貴族社會的中樞，還操控了以奧萊納伯爵為首的幾名貴族。

跟我交手的魔物，則是用來看管那些受控貴族的監視人員。

這麼想就兜得起來。

畢竟暗殺行動中的觀測員一角本來就會由地位最高者擔任，而那名觀測員是魔物。

我的行動之所以被看在眼裡，不正是因為對方肩起了貴族社會的中樞嗎？

原本我認為這次襲擊源自貴族的嫉妒，其實是視我為危險因子的魔族打算除掉我？

萬一我的假設正確，事情就嚴重了。

「蒂雅、塔兒朵，我問妳們。假如有魔族披著人皮混進了貴族社會，而且還位居中樞，操控眾多貴族，妳們覺得這個國家會變成怎樣？」

「你在說什麼啊，不可能發生那種事啦。」

「不過，萬一有那種事，亞爾班王國就完了。」

不可能發生。

我也這麼希望。

但是，狀況不容我這麼希望。方才我殺掉的蟒蛇魔物，那傢伙咬破人皮冒出來的景象從腦海裡閃現。

「……呼，總之我們回去吧。釣魚失敗。蒂雅，麻煩妳將屍體全燒成灰，以免留下證據。」

「要嗎？這會成為我們被奧萊納伯爵家襲擊的證據耶，我倒覺得可以藉此索求賠償金。」

「像那樣打草驚蛇才恐怖。這次的事就當作沒發生吧。」

「那麼，我要燒掉嘍。」

我一邊看著蒂雅燒屍體，一邊決定今後要更加提防中央。

不只是提防，我還要動用歐露娜的情報網調查。

……萬一確定已經有魔族混進其中，就非得優先將其暗殺才行。

敢在我的國家胡作非為，必定要受報應。

因為替這個國家除去病灶正是圖哈德的宿願。

Episode13

第十三話 暗殺者進行研發

The world's best assassin, to reincarnate in a different world aristocrat

從瑪荷那裡收取想要的東西以後，我回到圖哈德領。

然後，我花了幾天在工作室調配藥物。

這種藥，幾乎等於毒品，其上癮性也會對身體造成負面影響。

不過，卻可以在短時間內獲得超人般的集中力。

甚至能讓世界的運作顯得緩慢。

我參考了前世那些體育選手服用的藥物當範本。

作為骨幹的素材就連魔力都能充作營養吸收發育，成效比我在前世用的更凶猛。

「雖然說，我不太想依賴這種玩意兒。」

這屬於虛假的力量，只是湊合應急罷了。

何況還會折磨到自己的身體。

然而，有非得如此才能觸及的境界存在。

瑪荷弄來的菇類到底是異國部族用於起乩之物，服用會有驚人的迷幻感。

我將其加工，還摻了好幾種材料以便讓藥效提升至極限。

如此完成的液體被注入針筒。

由於口服發揮的效力有限，我才這麼做。

「雖然我是第一次對自己使用，但應該不成問題。」

我利用圖哈德家地牢的那些死囚，已經確認過安全性。

把針筒抵到頸子，注射藥液。

腦袋變得格外冰冷，視野擴散，不久周圍的活動就變得緩慢了。

舒適暢快的世界。

甚至感受得到自己是全能的。

我試著使用一項技能。靠【追隨我的眾騎士】獲得的技能之一。

S級技能【多重唱誦】。

可同時唱誦多種魔法的技能。

非常有用，但以S級技能來說嫌樸素。

然而，趁現在就可以對該技能理解得更深。

並非單純使用，而是在理解後踏入其中促使進化。

結果是……【多重唱誦】對我展現了新的一面。我能不出聲音就高速進行唱誦了。

是的，【多重唱誦】並不會讓嘴巴變成兩張，而是以魔力來進行模擬唱誦。由於進行唱誦的是模擬體，有別於一般唱誦，便不會受發音速度的限制，得以讓唱誦加快。

藉由如此，我能辦到【高速唱誦】了。

用上【高速唱誦】的機會甚至比多重唱誦還多。

「這就是技能的深奧之處。」

【多重唱誦】的內部藏有這種奧祕。

其他技能也會有隱藏的另一面。

光想到這些就令人雀躍。

而此刻，我最有興趣的還是……

「【追隨我的眾騎士】吧。強化塔兒朵和蒂雅是最優先的。」

塔兒朵和蒂雅都很強。

甚至不會亞於這個國家的騎士。

可是，碰上完全超越人類格局的對手便無能為力。

有必要提升她們的基礎規格。

為此，我一直想利用【追隨我的眾騎士】。

「……唔，藥效過了嗎？今天就試到這裡吧。」

強烈的噁心與倦怠感，身體像灌了鉛一樣沉重。

看來，我注射的藥效力過了。

望向時鐘。有效時間為十三分二十秒。把這當成一個基準記下來好了。在非得用上這玩意兒的極限戰鬥裡，藥效忽然中斷會導致送命。

「儘管藥效副作用帶來的倦怠感不到一分鐘就消失了，仍要忌諱連續使用。」

【超回復】的效果讓身體狀況逐漸復原。

不過，雖然說倦怠感立刻就消失了，【超回復】強化的終究是回復力，對於花時間也好不了的症狀無能為力。

沒辦法因應具上癮性的另一項副作用。

藥物的上癮症狀是強烈快樂烙進腦裡造成的，並不會治好。

要避免腦部慣於快樂，只能將用藥時間隔開。

一旦對這種藥上癮就擺脫不了。

此外，連續注藥會造成抗性，讓效力變弱，藥效時間也會減短。

必須謹慎運用。

「一天能用的劑量，頂多一支吧。」

可以的話，用一次最好要間隔三天。

我也想立刻實驗其他的技能，卻還是忍了下來。

要不然，我的人格應該沒多久就會崩潰。

從這個角度來講，它也是壓箱寶。

得留意別輕率動用才行。

那麼，踏入技能深層這一點已經測試過了。

既然如此，接著就來著手那件事吧。

◇

為避免上癮，我在兩天後把塔兒朵和蒂雅叫到了庭院。

這次注藥要試的技能早已決定，找她們就是為此。

「今天，我會把力量賦予妳們倆，運用從勇者那裡獲得的技能【追隨我的眾騎士】。這是可以將自身力量與技能出借給對方的能力。」

「請問，出借的意思是盧各少爺會因此變弱嗎？」

「不，並非這樣啦，是以複製的方式強加給妳們，我的強度不變。所以，妳們不用擔心。」

正因如此，才會歸類成S級技能。

一億人中僅一人會有，光是具備就足以被稱為英雄的一種本事。

「我有點期待呢。像盧各和艾波納，根本都已經不當凡人了。以往我完全不覺得自己能追上你們。」

「是啊，我一直努力想追上少爺，實力卻差得太多、差得太遠……不過，有那種力量的話，我就可以成為少爺的助力了！」

她們倆都用滿懷期待的目光望著我。

「只不過這項技能有個缺點，在賭上寶貴事務的戰鬥中落敗或者違抗我的命令，就會喪失騎士資格，讓技能失效……所以務必要做出覺悟。往後妳們就輸不得了。」

「唔！盧各少爺，我對前半的條件沒有自信。」

「最理想的狀況是避免那種戰鬥，不過總會有避無可避的時候。到時妳們只好橫下心跟敵人拚了。」

「不用擔心喲。在盧各從事本業的期間都沒有問題，用暗殺的話根本不會構成戰鬥嘛。」

「確實也是。」

我們並非騎士，而是暗殺者。不會讓目標察覺到存在，目的唯有取命。在發生戰鬥的時間點就已經失敗一半了。

「後半的條件，我反而比較介意呢。那會變得無法違抗盧各的命令。會不會被迫聽從色色的命令呢？畢竟盧各也是男生嘛。」

「啊唔！怎麼這樣，雖然有點讓人高興，可是我還沒有心理準備——」

「我不可能對妳們下那種命令吧。」

就算不下令，用拜託的就行了。

我起碼有被愛到這種程度的自覺。

「咳！時間差不多了，我要動用這項技能嘍。」

「請問，等我變得更強一點再用不行嗎？修練到不會輸給任何人就能放心了。」

「妳要這樣講的話，過再久也等不到那一刻。放心吧，塔兒朵，妳已經夠強了。」

塔兒朵的才能並不算得天獨厚。

她既坦率，又勤於努力，累積了許多工夫才得以變強。

我認為塔兒朵大可以此為傲。

「我又怎樣呢？」

「在魔法戰方面，蒂雅也幾乎無人能敵。我可以保證。」

比蒂雅更強的魔法師，我可不認識。

畢竟單以技術而言，她還強過我。

「那麼，麻煩先從我開始好嗎？因為眼睛是從塔兒朵試起的。」

「我明白了。來使用能力吧。」

以針筒將日前的藥液注射到頸子。

我替這種藥取了名字，就叫【狄安凱忒】。

藥在體內循環，腦袋逐漸變得冰冷清晰。

「【追隨我的眾騎士】。」

能力發動了。

原本這種能力會先賦予力量，接著再隨機賦予技能。

然而，憑現在的我……踏入技能深層的我，就能辦到不同的事情。

我明白，我認知得到。

將從我這裡流入蒂雅體內的東西。

既然此刻能認知流向，我就有辦法操控流向。

改為我要的流向，把希望交給蒂雅的東西交出去。

我的技能還有從艾波納那裡獲得的技能，我正在從中選擇適當的貨色。

當這些技能與蒂雅的才華合而為一時，蒂雅就會覺醒成在這個世界無以倫比的魔法師才對。

我一邊想像她那模樣，一邊持續釋出力量。

Episode14

第十四話 暗殺者著迷

The world's best assassin, to reincarnate in a different world aristocrat

我的力量逐漸朝蒂雅流入。

終於來到賦予技能的階段了。

首先要賦予【超回復】和【成長極限突破】。

我最初選擇的S級技能與B級技能。

只要有這些，就能踏進超越凡人的境界。

可提升魔力量更是一大利處。

蒂雅要是獲得與我相當的魔力量，不知道會有多可靠。

以往消費魔力過多而用不了的魔法都將可以使用，續戰能力也會大幅提高。

能給出去的技能還有兩項。

其中一項，我選了【多重唱誦】。可用的招數變多將在戰鬥上有莫大優勢。踏入技能深處之際才會的【高速唱誦】也有用處。

最後一項，我則是選擇【可能性之卵】。

根據當事者的心路歷程、人格、經驗，隨機變化成S～B級的任一技能。

我想這肯定會對蒂雅有助益。

賦予【可能性之卵】以後，可以曉得蒂雅的器量已滿，她無法容納更多。

技能出借完畢。

蒂雅摟住自己的身體，癱軟倒下。

「好厲害，有好多熱熱的東西流進來。我體內有著盧各的體溫呢。」

她的臉頰變得紅潤，溫熱氣息冒出。

甚至有種嫵媚的感覺。

「蒂雅，這樣妳就成為我的騎士了。妳新獲得了【超回復】、【成長極限突破】、【多重唱誦】、【可能性之卵】。這是給妳的賀禮。」

「呃，這是什麼？」

「成堆的琺爾石啊。」

「看就曉得了嘛！」

我遞給她的是裝滿一整袋的琺爾石。

「我擁有這種魔力量的祕密就在其中。【超回復】和【成長極限突破】已經交給妳了，所以妳越是動用魔力，越能讓魔力量與魔力釋出量增長，魔力更會以常人百倍以上的速度回復，不一會兒又可以再次動用。從今以後，妳要隨身攜帶這個袋子，將魔力注入珐爾石。」

「……原來盧各一直在做這樣的事情。」

「是啊，從小的時候持續至今，習慣以後連躺著睡覺都可以注入魔力。有次我睡迷糊了，還朝著已達臨界點的珐爾石不停注入魔力，差點就炸掉臥房丟了一條命。」

「很恐怖耶！」

無意識狀態是恐怖的。該在臨界點打住換下一顆石頭注入魔力時，睡迷糊的我把魔力灌注到將近爆炸，還是靠炸開前的耳鳴聲徵兆才醒來。

假如我沒有立刻從窗口扔出去，何止寢室會遭殃，大概整棟屋邸都炸翻了。

「因為一度發生過那種事，我採取了對策。睡覺時用這個比較好。」

我從可以隨魔力增加容納空間的【鶴皮之囊】取出祕藏於內的石頭。

「盧各，這該不會是珐爾石吧？可是它比你還大耶。」

「沒有錯。我們不是懂得用魔法造出珐爾石了嗎？這就是改良過的產物。將體積加大，魔力容納量也隨著變成了兩倍。即使在睡著的期間不停注入魔力也不會達到臨界，可以放心地邊睡邊注入魔力。」

研發有好一陣子遇到瓶頸，我直到日前才製造出來的。多虧有這玩意兒，睡覺時就不會像以往那樣讓魔力白白流出了。

「盧各，以前我當你師父時，曾經差點就用普通的珐爾石炸掉屋邸對吧？」

「沒錯啊。」

「那麼尺寸大了幾十倍，魔力容納密度又有兩倍，爆炸的話會變成怎樣？」

「誰曉得呢？我不敢做實驗。說不定不只屋邸，連領地都會炸翻。我會抽空到無人島上實驗看看。」

以往為了實驗神槍【昆古尼爾】而收購的無人島，那地方不錯。效果範圍太廣，在村落附近都不方便動用。

「要是有那種東西在旁邊，我不敢睡啦！」

蒂雅挺認真地生氣了。

要說危險的話確實是危險。

我也得小心才可以。

「總之，麻煩妳有空就把魔力注入石頭。」

「嗯，包在我身上。」

話一說完，蒂雅立刻就開始灌注魔力了。

她大概是想測試新獲得的力量。

「好厲害喔，一用魔力就會逐漸回復。我要多用魔力，起碼把魔力鍛鍊到可以發動【砲擊】才行。之後我也要測試【多重唱誦】。雖然說，比起【多重唱誦】，我個人比較想要【編織術式者】就是了。」

「那交給我來寫就夠了啊。」

我曾煩惱過要把【可能性之卵】還是【編織術式者】交給蒂雅，不過有我就處理得來，所以便以【可能性之卵】為優先了。

「所以嘍，蒂雅的部分結束了。接著換塔兒朵，妳過來。」

「好、好的，我覺得好緊張。」

「放心吧，我會溫柔地對妳。」

「請少爺多多指教！」

塔兒朵繃緊表情，還用力地握了我的手。

我靠著跟蒂雅那時候一樣的要領，讓塔兒朵也成為我的騎士。

「呼……呼啊，盧各少爺，我撐不住了。」

「沒事的，已經結束嘍。」

塔兒朵比蒂雅更加失措又目光迷濛。

她的身體似乎軟得站不住，因此我就把靠上來的她擁入懷裡。

塔兒朵的身體熱得非比尋常。

我交給塔兒朵的技能有【超回復】和【成長極限突破】。除此之外，還有S級技能【獸化】與【可能性之卵】。

【獸化】這項技能，同樣是我從勇者艾波納那裡得到的。

發動時會變成半頭野獸，獲得過人的力量及速度，對採取近身戰的人來說是很理想的S級技能。

這跟塔兒朵的戰鬥風格最相配。

「塔兒朵得到了【超回復】、【成長極限突破】，還有【獸化】與【可能性之卵】。妳也和蒂雅一樣，要養成把魔力注入石頭的習慣。」

「好的，【獸化】聽起來讓人覺得好恐怖。」

「恐怖歸恐怖，這仍是強大的技能，妳可以試試。現在，妳已經使得上力了吧。」

「是、是的，少爺對不起，我太不檢點了。」

塔兒朵連忙離開我身邊。

她急過頭，還跌了一跤坐倒在地上。

而我便將她扶起。

「妳曉得【獸化】的用法嗎？」

「是、是的，我大致曉得該怎麼用。嘿！」

伴隨可愛的吆喝聲，塔兒朵動用技能。

透過技能之力，塔兒朵逐漸化成野獸。

沒錯，理應是如此。

但是她這模樣……從各方面來說都很誇張。

蒂雅看了塔兒朵的模樣，當場爆笑出來。

「啊哈，啊哈哈哈。塔兒朵，妳那是什麼樣子？我還以為獸化給人的感覺會更猙獰耶。」

「說起來，她這姑且也算【獸化】。」

「請、請問我變成什麼樣了？我覺得屁股變得有點沉，還有頭也是。」

我從【鶴皮之囊】拿出鏡子，遞給塔兒朵以後，她就臉紅了，還臉龐發抖變得淚汪汪。

「咦，變成這個模樣，是不是不太對呢！」

「不會，我覺得非常合適。」

「相當可愛喲。」

原本是會變得肌肉隆起，獠牙碩大，反映出作為範本的野獸特徵，全身覆上毛皮。

然而，塔兒朵的狀況則是……

「這樣不是只長了狐狸耳朵和尾巴而已嗎！」

沒錯，她只長出了外觀呈淡褐色，而且前端黑黑的耳朵，還有同為淡褐色外加前端一撮白的毛茸茸尾巴。

十分可愛。

由於多了毛茸茸的大尾巴，內褲當然會往下滑，裙子也往上掀起了一大片，但是她本人似乎沒有餘裕發現那些。

……之後再替她做一套能因應狐狸尾巴的衣服吧。

給我看是無妨，被我以外的人看見就討厭了。

「我覺得相當可愛喲。何況非常適合妳。」

「嗚嗚嗚，聽蒂雅小姐這麼說感覺好複雜。」

「【獸化】似乎是成功了，妳試試力量如何？」

「我試試看。感覺上，耳朵聽得好清楚。而且對動靜很敏銳，鼻子也相當靈。」

「那是狐狸的特徵。接下來妳試著輕輕跳一跳。」

「好的！」

塔兒朵縱身躍起，一舉跳了好幾公尺。

「啊哇，啊哇哇哇哇，明明只是輕輕跳，怎麼會飛得這麼高？」

慌歸慌，她還是可以平安著地，著地之際幾乎沒發出聲音。關節柔軟度、彈性以及抵銷衝擊力道的技巧正如野獸。

體能也大幅提升了。

因為狐狸的跳躍力和柔軟性驚人，才會變成這樣。

持久力與速度恐怕也有大幅度提升。

獸化會依照作為範本的野獸而有不同效果。

狐狸缺乏臂力，然而速度、腿力、跳躍力、柔軟性、聽覺、嗅覺、動靜感應力似乎就相對提升了。

跟塔兒朵的戰鬥風格也很匹配。

……好在外觀也非常可愛。之後再拜託她讓我摸尾巴好了。

「這樣一來，妳們倆都是我的騎士了。今後請多關照。」

「嗯，包在我身上嘍。」

「雖然這副模樣有點令人難為情，我會加油的。」

本就可靠的兩人實力更強了。

可透過【多重唱誦】由後方提供強大支援的蒂雅。

可透過【獸化】發揮超凡速度，於近身戰無人能及的塔兒朵。

現階段就有大幅的戰力提升，往後魔力量還會持續增長，等到【可能性之卵】孵化，她們將變得更強。

跟魔族的戰鬥中，當我展開用來殺魔族的力場之後，那段期間就改由她們倆應戰。或許也能採取這種戰法。

我也不能輸給她們。

我自己也要孵出【可能性之卵】，取得進一步的戰力。

「？」

我感受到強烈視線，轉頭就發現塔兒朵正在看著我。

感受到的氣息正如肉食野獸。

「少爺怎麼了嗎？」

「呃，沒事。」

剛才朝我搭話的塔兒朵跟平常一樣。不，錯了。好像有點熱情。

而且她還散發著幾分甜美香氣。要是鬆懈，我似乎就會像昆蟲聚集在花朵上那樣被她吸引過去。

用那種視線對著我的無疑是塔兒朵。

先前那種感覺，究竟是怎麼一回事啊？

Episode15

第十五話 暗殺者嘗試

The world's best assassin, to reincarnate in a different world aristocrat

昨天，我成功將力量賦予蒂雅和塔兒朵了。

所以嘍，我打算把今天一整天用來做熟悉新力量的訓練。

「啊哈哈哈，盧各，你看，【多重唱誦】實在太棒了！」

蒂雅一邊笑，一邊用著魔法。

乍看下，那只是單純的【槍擊】。

然而，跟以往的【槍擊】屬於不同次元。

造出槍械，改變其外形，填入子彈，令槍管內產生爆壓。

原本要依序進行那一連串的步驟得花上相當時間。

不過，蒂雅同時進行四道步驟，藉此讓【槍擊】發動的速度變成以往所不能比。

「蒂雅果真厲害，居然已經能同時唱誦四種步驟，我花了一星期才辦到同時唱誦四種呢。」

蒂雅所做的並非完全在同一時間唱誦。比那更高明。

她將唱誦的開始與結束時間做了絕妙調整，好讓唱誦可以在想要的時間點完成。否則要在槍械造出的瞬間就填入子彈即刻發射，根本是辦不到的花樣。運用得漂亮俐落。

「這一招，似乎跟我很合呢。」

「妳處理術式的運算速度應該比我快。」

蒂雅在魔法方面是天才。

……不，光這樣仍無法說明。

我是從童蒙時期就鍛鍊大腦承受足以讓常人崩潰的負荷，再靠【超回復】療癒，一路成長到現在。

就算蒂雅再天才，我也已經超越了人類的範疇。姑且不論創意或操控天分，比運算力要贏我是不可能的。

蒂雅想必擁有某種技能，還對她發揮了作用才是。

「妳有用過鑑定紙嗎？」

「沒有喔。在我的國家，根本拿不到那東西。」

「是嗎？那我們設法拿來用用看吧，連塔兒朵的份一起。」

因為得不到鑑定紙，以往我一直視其為無用之物而排除在選項外。

視國情而異，會製作那玩意兒的人才將受到保護，若無國家許可就不能印製。

縱使有巴洛魯商會的情報網和財力也沒能弄到手……如果真的想要就得收買貴族，還必須是握有相當權力的大人物，然而那非常危險。

不過，憑我目前的地位，動用身為聖騎士的特權就拿得到。

我非要確認塔兒朵和蒂雅各有什麼樣的技能。

「好期待喔。或許我也跟盧各一樣有自己的技能。」

「像我肯定就沒有蒂雅小姐那樣的才華。」

「沒那回事啦。妳們肯定有的。」

S級和A級技能機率太低，但剩下的級別就算擁有也一點都不奇怪。

認識技能以後，學會要怎麼使用就能變得更強。

等訓練結束，立刻就來張羅鑑定紙吧。

「蒂雅，順帶一提，妳的多重唱誦可以同時並用幾種？」

「嗯～～最多六種，話是這麼說，同時並用六種就只能唱誦簡單的術式。」

「哦，比我還多呢。」

我最多就五種。而且五種魔法都會變得操控不穩，要穩定只能四種。

「我對這招做了許多嘗試，就發現不只可以同時唱誦，還能同時變換多種屬性的魔力喲。」

「也對。否則像剛才那樣造出槍械的土魔法，還有引起爆炸的火魔法就不能同時使用。」

「要說的話，我個人倒是比較好奇這一點。以往可唱誦的魔法都有只能動用單一屬性魔力的限制，靠這種方式是不是就能創造運用多種屬性的魔法了呢？」

……我想都沒有想過。這是我認為魔法就得用單一屬性魔力的刻板觀念所致。

蒂雅的這套想法非常有意思。

「我也會思考看看。能辦到的事太多，反而傷腦筋呢。」

「有許多點子一直冒出來，固然是令人興奮，卻也會感到迷惘喲。光是信手拈來，我就想到用水和火焰製造水蒸氣爆炸，或者用風與火焰製造火焰風暴，假如能索性將土與火屬性同時運用，就會有比【槍擊】效率更高的方式喔。即使沒有先塑造槍械的外形，也可以讓鐵塊炸開來就好，真的好有樂趣！」

這已經是一種進化了。

應該可以創造出跟以往不同次元的魔法。

剛才蒂雅隨口談到的想法，全都非常有用。

「嗯～～感覺最後一項現在馬上就能創出來。畢竟只需要把以前創造的魔法稍做修改，你等我一下喔。」

說完，蒂雅就從提包裡拿出紙和羽毛筆，當場坐到地上，運筆如飛地寫了起來。

研發魔法是蒂雅的畢生事業，她比我曉得更多定律，編寫術式的技巧也高。

有蒂雅出馬，要即興創造魔法或許也是可行的。

「好，完成了。盧各，把這化為魔法。」

還有，想將那些術式化為魔法必須有【編織術式者】這項技能，我的協助便不可或缺。

「叫我唱誦是可以，不過這用起來安全吧？」

「你要相信女友。」

我望向蒂雅所寫的式子……原來如此，這樣似乎是安全的。

唱誦開始。

像利用【多重唱誦】唱出多種魔法時一樣，相異的魔力，火與土，魔力被轉換成兩種屬性。

……輕而易舉地成功了。

唱誦結束，魔法完成。

「【散彈】。」

透過爆炸，數量破百的銳利鐵礫飛散到前方。

不愧是蒂雅，有將魔法設計成只會朝前方散開。

足以匹敵大口徑散彈槍的一擊。

射程約為前方十公尺左右，於十公尺處有寬達五公尺的效果範圍。

這次我節制了用於發射的魔力，要是注入更多魔力，鐵礫數量和爆炸威力還會提升，變得更加凶猛。

式子不長，唱誦所花的時間約為四秒。

「不錯的魔法。射程雖遜於【槍擊】，近距離的話用這比較好。」

「像我這種魔術士類型的人，被敵方靠近可麻煩了。用這招的話，就能應戰嘍。」

想迴避有一定射程又會廣範圍擴散的攻擊確實幾乎不可能。儘管屬於散彈，每一發卻都具備足夠的威力。

在近距離搏鬥中，呈面狀攻擊的【散彈】會比點狀攻擊的【槍擊】強得多。

蒂雅也唱誦了由我化為魔法的成品，露出滿意的表情。

「妳能照這樣幫忙研發的話就太有幫助了。」

「哼哼，好好期待喲。難得有這種突破，就來創造將四屬性魔力全部都用上的魔法！我已經有厲害的點子冒出來了，真期待使用的那一刻。」

土、火、風、水，要將這些全用上，我有點難以想像。

不過既然蒂雅說厲害，那就值得期待。

在那之後，我們針對多屬性魔法討論了一陣子。

多加一項概念，就有無限的可能性拓展開來，讓人不自覺地沉迷其中。

一回神，我們已經聊了好久。

討論告一段落的我便離開蒂雅那裡，前往塔兒朵身邊。

「妳練得很起勁。」

「是的，感覺身體好輕，好靈巧喔！」

塔兒朵使起長槍，正在摸索招式。

體能突然急遽增進，使她沒辦法活用身手。

出招快又強，卻有累贅。

話雖如此，塔兒朵的基本功已經練得極為純熟，要適應八成花不了多少時間。

……只不過，問題在於之後。

「塔兒朵，差不多可以試試【獸化】了吧？包含有效時間在內，應該還有許多細節要驗證才可以。」

【獸化】並非恆常發動的技能。

這招可任意發動，而且有時間限制。

要加以運用，就必須掌握發動所需的時間、有效時間、再次使用的條件，諸如此類的細節都非得事先了解。

把這項技能交給塔兒朵的我也有用過，大致上是可以想像，然而我跟她獸化的動物範本本身就不同，因此我希望得到精確的數據。

「是的，呃，因為那項技能還有許多問題，我在想，是不是可以改天再說呢？」

「就算有問題，那仍是可用的力量。只要懂得活用就能成為武器。」

「嗚嗚嗚，我明白了。我這就試。」

總覺得她的態度不太對勁。

看起來甚至像做出了某種覺悟。

……這麼說來，昨天她用過【獸化】以後樣子就不對勁。

塔兒朵灌注力量，令【獸化】發動。

可愛的狐耳還有毛茸茸尾巴出現。

昨天，那條毛茸茸尾巴曾經讓內褲滑落，還使得裙子往上掀起來，但今天就不會那樣了。

我趕在昨天替塔兒朵準備了新裝。

首先是內褲改穿低腰款，然後將上衣衣襬加長，換成可以蓋住裙子的造型。

而且，在上衣跟裙子重疊的部分還備有尾巴孔，這樣就能毫無阻礙地讓毛茸茸尾巴往外伸。

正如我要的，尾巴探了出來，裙子也沒有掀起來。

不枉我昨天仔細確認尾巴的位置，並且在製作衣服時量好尺寸。

「我想要妳的戰鬥數據。簡單過個招吧……不，來場比試。不痛快打一場的話，也不曉得妳變得有多強。」

我這麼說完，就把前端用布裹著的木槍遞給塔兒朵，自己則舉劍備戰。

「好的，盧各少爺！我要把盧各少爺吃掉！」

大概是【獸化】的影響，塔兒朵的眼神跟平時不同。

平時她給人怯懦文靜的印象，如今卻顯得好戰。不，已經到了目露凶光的地步。

在平常比試時，塔兒朵都會表達出「自己怎麼可能打得過我」的迷惑，今天卻表達出「要把我吃掉」的意志了。

只不過，我有種莫名的異樣感。她確實具攻擊性，也打算把我吃掉，卻好像有哪裡搞錯了。

無論如何，她認真想打倒我是有趣的。

我就以全力來測試用上【獸化】的塔兒朵有多少本事吧。

Episode16

第十六話 暗殺者敗陣

The world's best assassin, to reincarnate in a different world aristocrat

我跟塔兒朵開始比試。

塔兒朵不同於平時的怯懦。

我有這種感受是正確的。

從戰法就不同。

塔兒朵若與我對戰，都會先靜觀其變。明明如此，她卻突然全力邁步，用單手施展突刺。

速度最快，也最能爭取出手距離的一擊。她硬要搶得先機。

我是以劍為武器，從我怎麼也無法還手的間距發動攻擊極具效果。

『真快呢。』

我有設想過【獸化】提升的速度，她卻快得超乎意料。

差點就突然中招了。

……不可思議，塔兒朵在體能提升的狀態下又加上【獸化】之力，卻能充分發揮出本領。

剛才看她練招感覺到的生疏彷彿全屬虛假。

我勉強用劍將猛衝而來的突刺擋開，但塔兒朵立刻抽回長槍，改用連續突刺。間距掌握得不錯。

藉由揮劍無法觸及，還能單方面猛攻的距離絆住我展開連續突刺，活用了長槍的優勢。

而且發招既快……又沉。

連續出了這麼多槍，卻沒有淪為單靠臂力，每一槍都有用腰發勁。

假如塔兒朵單靠臂力，我就能彈開她的槍製造破綻，一舉拉近雙方距離，但是她出手如此重且快，我便無從還手。

我一邊化解她的槍一邊設法拉近距離，卻處處受其掣肘，遭到逼退。

冷靜精確的身法。

我本來想等塔兒朵換不過氣，然而她在體力方面也有所強化。全靠化解攻勢的話，會先招架不住的似乎是我。

手開始發麻了，我無法繼續擋招，敗北正節節逼近。

「今天的塔兒朵可真不同凡響！」

但是，我不會輸給她。

既然距離拉近不了，乾脆退後。

我全力往後跳。

退到連長槍都不能觸及的間距。重啟戰局，設法調適發麻的手與紊亂呼吸。

塔兒朵一瞬間僵住了。

劍與長槍對陣，關鍵在於用劍者如何拉近間距。

明明如此，我卻刻意拉開距離，這一點出乎她的意料。

不過，那樣的遲疑也只有短瞬，塔兒朵理所當然地運用加速縮短被拉開的間距，朝我猛衝突刺而來。

……嗯，冷靜有效率卻顯得單調。對我採取完全一樣的戰法，思慮淺薄。

這應該有必要矯正。

我配合塔兒朵衝刺邁出的步伐，用全力朝她邁步。

「什──」

塔兒朵為之驚慌。

她的猛衝突刺要發揮出威力，就得一面邁步一面出槍。

然而，一旦像這樣被我拉近距離，用於出槍的距離被抵銷，威力就會劇減。

即使如此，間距仍沒有近到可以讓我揮劍。

不過，我另有目的。

我跨的這一步亦非單純邁步，而是要衝上去突刺。

目標在於發招未施全力的長槍。

槍尖與劍尖對轟。

於是，槍碎了。

劍短於槍，原本剛硬度就比較強。

更何況，塔兒朵的突刺被我抵銷間距而未施全力，對轟後便會如此。

此外，這時塔兒朵武器被毀而陷入驚慌，跟起初就打算毀其武器的我有差異。

我利用塔兒朵愣住的時間，趨近一步，在以拳相交的超近距離內，用左手使出上鉤拳。

與其抽回劍，這樣快上許多。

下顎受震盪，意識理應會被剝奪。

可是，手感嫌輕。

『有一手。』

我露出苦笑。在拳頭打中下顎的瞬間，塔兒朵自己仰了頭。因此，衝擊力道不僅變弱，打擊點也遭到錯開，沒能引發腦震盪。

塔兒朵根本沒有反應過來。全然於知覺之外的一擊必中。本應如此，她卻靠野獸本能，靠著來自第六感的反射動作防禦住了。

【獸化】竟能讓她變強到這種地步。

我感受到後仰的塔兒朵眼裡似乎發了光，下個瞬間就遭受重擊而彎腰屈身。

塔兒朵用膝蓋頂入我的腹部。

「嘎啊！」

追擊緊隨而至。來自上方的肘擊，在這種狀態下無法動彈的我隨著重轟而跌倒。

倒地的我被塔兒朵騎到身上，雙肩更遭受壓制。

「呼……呼……」

塔兒朵喘著氣俯視我。

表情正如野獸。

原本顯得可愛的狐耳形象搖身一變，看起來簡直像真正的肉食野獸。

「我輸了。塔兒朵，沒想到居然會被妳拿下一局。妳能不能讓開？」

塔兒朵若沒有用手壓制我的肩膀，而是朝喉嚨給予一擊，就能殺了我。

換句話說，這場比試是塔兒朵獲勝。

我第一次在模擬戰中敗給她。

我還是太天真。這次的敗因在於使出短上鉤拳的那一瞬間，我就篤定自己贏了。

因為這樣，才挨中她一記膝撞。

……或許我有些自滿了，還要重新磨練才行。沒確認對方死亡就自以為戰鬥告終，根本不配當暗殺者。

「盧各少爺～～」

比試已經結束，塔兒朵卻不肯讓開。

何止如此，她仍處於興奮狀態，施加在肩膀的力量反而逐漸變強。

野獸的鬥爭本能？不，有些差異。雖然這無疑是她的本能，卻屬於更為猙獰的某種特質。

當我思考著這些時，衣服就被撕開了。

好厲害。

這套衣服可是將魔力灌注於絲線做成的防具。

塔兒朵朝我貼上來，還用全身磨蹭。

毛茸茸的狐狸尾巴搖來搖去，不時會搔到大腿，帶讓我發癢。

她的舉動可愛歸可愛，空前的力氣卻讓我絲毫無法動彈。

原以為狐狸型的【獸化】強在腿力，但臂力還是有受到強化，力氣似乎更勝於我。

「呼……呼……盧各少爺～～」

身體熱得難以置信。

而且，還有股讓人神魂顛倒的香氣，連我都快要失常了。

這下我總算搞懂了。

塔兒朵眼裡的熱流並非什麼狩獵本能，單純就是發情而已。

……簡單來講，目前的我對塔兒朵而言形同玩物，正在受她侵犯。

那麼，該如何是好呢？

我往旁一看，目光就跟蒂雅對上了。

她正盯著我們這裡。

當著女友面前被別的女性侵犯，會讓男人面子掛不住。

對塔兒朵來說，初體驗是在戶外由女方大白天霸王硬上弓，應該也不算可喜之事。

不過，我現在抵抗的話，就會被失去理性的塔兒朵狠狠地修理。

把玩物凌遲到動不了，再來慢慢享用——她是這麼想的。

『……不得已，我也動用【獸化】吧。』

這樣一來，要比力氣也贏得過【獸化】的塔兒朵，還能將她扳倒。

可以的話，我在各種意義上都不想用這招，局面卻由不得我說這些。

在我東想西想時，塔兒朵已經蠢蠢欲動，準備從磨蹭身體的階段更進一步。

貞操危機就快到了，我得趕緊出手。

然而……

「呀啊！啊……啊……我、我在做什麼，對不起！盧各少爺！我完全沒有那樣的意思！呃，那個，都是因為——」

當塔兒朵的狐耳及狐尾巴消失的瞬間，曾經獸慾猙獰的眼神也變回原本的眼神，還一臉通紅得幾乎要冒出白煙，使她用手捂著臉。

「呃，該怎麼說呢，妳先下來把衣服穿好。」

「好……好的！」

放浪形骸地騎在我身上的塔兒朵急著要下去而摔跤，丟了更多的臉。

嗯，這是平時的塔兒朵。

她連忙穿好衣服，然後使勁低頭賠罪。

「萬分抱歉。剛才我的眼前一片全紅，回神以後就變成那樣了。」

「我懂啦。那是【獸化】的負面影響。」

我不認為塔兒朵有反過來對我霸王硬上弓的欲求。

「嗚嗚嗚，我不要再用這種力量了。」

「難道妳一開始表示排斥，是因為有預感事情會變成這樣？」

我還以為是我跟蒂雅連連稱讚可愛的關係。

「那、那是因為，我第一次【獸化】時，看了盧各少爺，就有種怪怪的感覺，所以才——」

「這樣啊。不過透過訓練就能逐漸用理性壓抑下來才對。或許妳不記得了，但妳曾經戰勝過我。此等力量要是不好好活用，太可惜了吧。」

【獸化】的塔兒朵很強。

體能有所提升，直覺來自野性。不僅如此，出手毫無迷惘也與本事之強相通。

塔兒朵太過溫柔，又太膽小。她會替對手著想，缺乏自信產生的猶豫更是一直造成干擾。

有【獸化】就能改掉那些毛病。

「我會加油。不過，萬一我有奇怪的舉動，到時候要請少爺幫忙攔住我。」

「我跟妳約定。」

這次對我來說也成了慘痛的教訓。

我還需要多精進。

而蒂雅來到了我們身邊。

「盧各，我總覺得當時你都沒有做出像樣的抵抗耶。難道說，你想讓塔兒朵侵犯？原來你喜歡那樣啊。哦～～」

我本來以為蒂雅在生氣，然而從表情和舉止來看，主成分是想消遣我，不過其中也摻了一絲吃醋的味道。

「那種狀態下胡亂刺激她會有危險，只是如此而已。」

「是喔，我明白了。不過，無論盧各有什麼樣的性癖好，我都可以包容喔。」

「妳不信我說的對吧。」

「沒有啊，就算你格外中意塔兒朵的狐耳朵跟毛茸茸尾巴，我也不會介意。」

這樣喔。

的確，狐耳朵的塔兒朵很可愛，我甚至想枕著她的尾巴。

只不過，在那種狀態下枕著塔兒朵的尾巴就危險了，天曉得在入睡期間會被她做什麼。等塔兒朵學會運用能力再說吧。

◇

於是，在那之後過了一週。

這時候，塔兒朵和蒂雅都已經學會運用新能力了，鑑定紙也張羅完畢，五天後就會送到。

而且……

「終於來了啊。」

有疑似魔族的玩意兒在北方領地被人發現，我接到了派遣令。

身為聖騎士的首次工作。

跟魔族作戰的準備已經完成。

那麼，就來試試殺魔族的魔法管用到什麼程度吧。

達成這件事將有莫大意義。

那表示不用殺艾波納也能拯救這個世界。除勇者之外，只要殺得了魔族／魔王的其他人物陸續出現，勇者的負擔就能減輕，艾波納變成災厄的可能性便會劇減。

希望能順利達成。

我重新有了這樣的想法。

Episode17

第十七話 暗殺者展開調查

The world's best assassin, to reincarnate in a different world aristocrat

魔族出現了。這將是我身為聖騎士的第一項工作。

我帶著塔兒朵與蒂雅兩人，一同前往當地。

……果然，馬車的速度就是慢。

下次來製造原始款的汽車吧。那種貨色也不是造不出來。

不過，要如何跋涉惡劣的路況會是問題。

慢慢再來想好了。

「這是少爺的第一項差事呢，希望絕對要成功。」

「我也是同樣的想法，非得讓中央那些把我當棄子的老狐狸改觀才行。我先在作戰前聲明，殺魔族的力場若是失敗，當場便等於輸了，這點妳們要記著。一旦失敗就全心全意逃跑。」

殺得了魔族的只有勇者。

我創出了扭曲這項天命的魔法。那是唯一的勝算，而勝算被推翻的話就完了。

到時候我會撤退。

當然，我不會單純逃回領地。力場魔法為何無效？最起碼也要把探索答案的材料帶回去。

「啊！對了，盧各，說到這個，只要求三十秒的話，我已經會用那種力場了喔。」

「真的嗎？」

「啊！你居然懷疑我啊，過分。之後再用給你看。」

哪怕只有三十秒，除我之外還有人會用殺魔族的術式就是一大優勢。

畢竟在發動殺魔族的力場期間，魔力消耗太過猛烈，戰鬥力將會劇減。

交給蒂雅發動的話，我就能專注於攻擊。

或者，連執行暗殺都是可行的。

「蒂雅小姐好厲害。像那種魔法，我就完全用不來。」

「塔兒朵負責肉搏戰，我則是負責魔法，擅長的領域不同啊。正常來講，沒有人可以像盧各那樣每項都會啦……雖然我也想跟塔兒朵一樣上前作戰，但是再怎麼練伏地挺身，我的手臂還是長成這樣。」

蒂雅說著就擠出手臂的肌肉，但她的手臂實在太細，而且上臂看起來軟軟嫩嫩。

儘管有在鍛鍊，卻怎麼也難以長出肌肉的體質。

「還有呢，我重新研究了殺魔族的術式，這套對付魔族的殺招，似乎還可以發射出去喲。」

「發射出去？」

蒂雅把手比成槍械的形狀說了聲「砰～～」。好可愛。

「嗯，照目前是把力場展開在施術者周圍嘛。但是，我還可以像射子彈那樣，把經過壓縮的力場發射出去，命中後才產生反應讓力場擴張。這是辦得到的喔。只不過，在那種情況下的有效時間會變短就是了。由我來用的話，大概撐兩秒鐘左右。就算盧各來用，感覺十秒多一點就會到極限了。」

……究竟要怎麼改才會讓術式變成那樣？我想都無法想像。

但是，既然蒂雅說她辦得到，應該就辦得到吧。

三十秒會變成兩秒，是因為那跟以自身為起點持續釋出力場不一樣，如果要把力場化為子彈射出去，就得仰賴瞬間釋出量。

「那樣不錯。妳能試著研發嗎？感覺用途很多。如果能在抵達前完成就太棒了。」

「我盡力試試看。不過，別抱有期待喔。」

話一說完，蒂雅就攤開文件，開始計算起什麼。

即使她叫我別抱有期待，我還是忍不住期待。

利用這段期間，我來想想要怎麼在兩秒內讓魔族完全喪命。

……採取暗殺的成功率會高出許多。

不過，要說有什麼問題，就是這次魔族現身後的相關情報實在太少。國家交給我的資料很微妙。

照這樣我制定不出計畫。不足的情報大概只能在當地補充。

◇

馬車花上數天趕路後，我們抵達目的地了。

該地位於跟鄰國之間的國境，在地方都市中算規模較大的城鎮。

基於其地緣關係，以交易據點而言很是繁榮。

當地更以出產石材聞名，石砌的優美街景亦為著稱的觀光名勝。

而這樣的城鎮卻……

「盧各少爺，這麼看起來簡直像叢林呢。」

「連一個人都沒有喲。」

被綠意所籠罩著。

石砌的家家戶戶被藤蔓纏繞，街道中央有樹木叢生。

然而，卻沒有生命跡象。

何止看不到動物，連隻蟲子都沒有。

我們從城鎮的入口凝視著那異樣的景象。

我重新審視資料。

起先，據說只有單單一棵樹，而樹以驚人之勢蔓延開來後，就把一切都吞沒了。

在完全遭綠意侵蝕前逃出來的人得救了。

可是，遭受綠意侵蝕後，就沒有任何一個人走出這裡，軍方也曾前往救援，卻沒有任何一個人回來。

既然如此，乾脆把寄生於城鎮的眾多植物全燒掉吧，但聽說這也失敗了。

群樹靠尋常的火力無法點燃，就算點著也有強大的再生能力，據說幾乎沒有效果。

作戰失敗，著手作戰的士兵則是一個不剩地「遭綠意吞噬」。

於是在焚林失敗的時間點，中央研判大有可能是魔族搞的鬼，任務就委託到我這裡來了。

「我問你喔，盧各，我們要進去這裡面嗎？假如被綠意吞噬的說法屬實，表示全方位都是敵人耶。」

「進入城鎮前還有事情要做。塔兒朵和蒂雅都待在我後面。」

……接下這項委託之際，我確認過一件事。

有沒有必要解救被綠意囚禁的人們？

得到的答覆則表示難以期望有生存者，不管採取任何手段都無妨。所以，要處理得蠻橫點也是可以。

當然了，我也希望盡量幫助能獲救的人。

不過，現狀是我們連這座森林有何特質都不清楚，我便不打算毫無對策地強闖這片據傳沒有任何一個人回來過的地方。

所以，在涉足其中之前，我們有必要先從外頭做實驗。

「蒂雅，是妳就看得出來吧。這群植物是一體的。」

「嗯，有魔力寄宿在裡頭，每棵植物都一致到令人發毛的地步。假如整座森林不是屬於一體才不可能會這樣。」

「我也持相同意見。所以，我要探探狀況。妳幫忙觀察那些鬼東西的魔力動向。」

實驗之一。

先把用體溫加熱的肉扔進城鎮。

可是，沒有任何反應。

接下來，我把路途中購買的家畜豬隻放入城鎮。

就在那頭豬走進城鎮，朝樹木靠近的時候。

「噗噫噫噫噫噫噫噫噫噫噫噫噫噫噫！」

豬隻被不知道從哪裡伸來的藤蔓捆住，有好幾道樹枝將牠刺穿，牠的身軀就像被人惡搞似的變得萎縮，不久便只剩下皮和骨頭。

「真狠毒。城鎮裡的人也是這樣消失的嗎？」

「樹木居然會吃生物……盧各少爺，既然城鎮裡有這麼危險的樹，恐怕所有人都已經被吃掉了。」

塔兒朵摀著嘴巴。

被樹木吞噬。

而且正如塔兒朵所言，既然這些鬼東西蔓延於城鎮中，八成已經沒有任何人存活。

這樣的話，我就可以毫無顧慮地進行下一個實驗。

「蒂雅，從妳的眼裡看來如何？」

蒂雅照我的吩咐，仔細做了觀察，憑著以手術得來的圖哈德之眼。

「它們在吃肉的時候，魔力有膨脹喔。膨脹步調很緩慢，大概正在將營養轉換成魔力。」

換句話說，這些樹應該當成有人為了囤積魔力才會散播於此。

「好，第一項實驗的成果極佳，我們得知了兩件事。進入下個階段。」

事先準備的木桶在裝滿油以後被我扔進城鎮裡。

而木桶一路滾動，撞上了立於街道擋路的樹。

當下並沒有任何反應。

我朝著那個木桶射出了引火的箭矢。

木桶破裂，灑出來的油引發火勢。

那是我為了引燃而特別調製過的油，可以點起巨大的火柱。

……跟放豬進去的時候一樣，樹枝逐漸伸向那道火柱，彷彿主動送上去被燒。

「我是聽說過這有強大的再生能力，沒想到會這麼誇張。」

「不過，這屬於一般的再生喔。你之前形容過魔族特有的荒謬還原能力，我想這跟那並不一樣。而且這非常消耗魔力，根本算不上不死之軀。」

樹枝從引燃的部分逐漸復原。

然而，那是藉由樹木的再生力強化所延伸出來的現象。

間隔片刻之後，火勢熄滅，樹木仍若無其事地立著。

「能得知這一點就算收穫豐富了。接著我打算加大規模，把它們全燒光。」

我從包包裡取出琺爾石。

這顆琺爾石同樣是為今天準備的。

平常我會將火屬性魔力、風屬性魔力、土屬性魔力按一定比例注入其中。

藉此，大量的風就會吹進火焰提高爆發力，並且將鐵片散布出去，我一直以來都把這當成極強大的炸彈來運用。

不過，這次我準備的只有火與風兩種屬性，重視的是爆焰而非爆炸，專門加強了燃燒效果的貨色。

用這玩意兒，就能將一桶油比都不能比的超高溫延展至廣範圍，創造出煉獄。

畢竟當中可是灌注了一般可計為具備魔力者三百人份的魔力。

灌注在琺爾石的魔力達到臨界，開始冒出裂痕。

我把它投擲出去。

城裡發生爆炸。

紅蓮火焰一舉蔓延開來，將城鎮的一隅吞噬，呈現出煉獄景象。

「雖然很恐怖，卻又好美。」

塔兒朵一臉茫茫然地望著火焰。

火焰熄滅以後，位於火場中心的樹木被燒得連灰都不剩，幸虧周圍房屋是石砌的才勉強保有原形，還有黑影子黏在上頭。

黑影是原本纏繞房屋的樹木餘跡。

「這些鬼東西，並不是我們要找的魔族。」

「嗯，我猜這是某個人物用能力孕育出來的產物喔。」

原本我曾懷疑這些樹全都屬於魔族的一部分。

然而，事情並非如此。

它們不過是極富再生力的樹木魔物罷了。恐怕具有以接枝形式不斷增生的性質，所以流動於植物體內的魔力才會全部一致。

這項事實有值得慶幸的面向以及讓人感到麻煩的面向。

假如這是魔族的一部分，就算用超強火力燒掉也會無限再生，不管怎樣都無法讓數量減少，但既然是具備強大再生能力的魔物，就能削減其數量。

麻煩的是這些樹木若與魔族相通，我們循跡便能找出敵人，但既然沒有相通，就非得把應該藏在這座廣闊城鎮的魔族找出來了。

「妳們倆，跟著我進城吧。我們要找出魔族。」

「好的！可是，不會有危險嗎？」

「就是啊。雖然已經燒掉滿廣的一塊範圍，危險的樹木依舊到處都是喔！」

「沒問題的。只要妳們都待在我身邊。」

我毫不畏懼地前進，臉色顯得不安的塔兒朵和蒂雅就跟了上來。

進城以後也沒有遭受襲擊。

即使已經過了被我燒光的區塊，狀況還是不變。

就算通過時只有咫尺之隔，那些樹木仍然動也不動。

「盧各少爺，這究竟是怎麼一回事呢？」

「盧各從剛才就一直在用魔法，是那造成的吧？」

「沒錯。進城前不是做過實驗嗎？首先，我們扔了普通的肉，樹木也沒有反應。但是，它們對接下來的豬就有反應了。樹木並沒有長眼睛，它們不是靠視覺發現獵物，值得懷疑的因素有震動、熱源、聲音以及氣息。關於震動與聲音，當肉掉在附近也沒被發現就可以剔除了。至於熱源，由於最初的肉用體溫加熱過，所以也可以剔除。這樣的話就只剩氣息，詳細來講則是呼吸排出的二氧化碳，那就是這些鬼東西的感應器。」

最初的實驗是在測試它們用什麼方法發現獵物。

其結果為生物呼出的二氧化碳。

用木桶引燃火柱時，樹枝會朝火焰伸過去，這也佐證了我的假設。

「盧各，所以你才在四周捲起風，並且把我們呼出的氣息往上吹啊。」

「對，如此一來，就算靠得這麼近，這些樹木也不會發現我們。」

淡化氣息，然後吹上天。

倘若是用這種程度的魔法，魔力的自然復原速度就能趕上，苦不了我。

如果在廣闊的城鎮裡，一邊遭受無數樹木襲擊一邊尋找魔族，還沒跟魔族戰鬥就會累垮。

何況這些樹有可能會與魔族共享知覺。

想要搶得先機就不該跟這些樹大戰一場。

首先我們必須找出敵人，而且最好趁對方不注意。

往前進吧。

幸好，我所準備的王牌對這裡的主宰似乎相當管用。

Episode18

第十八話
暗殺者逼敵現形

The world's best assassin, to reincarnate in a different world aristocrat

我們走在被魔族毀滅的城鎮。

我方的目的是找出魔族，而且對方應該也在尋找焚燒其眷屬的我們。

先找出對手的一方會壓倒性地占上風。

我方的優勢在於可以呼風把吐出的二氧化碳排到空中，藉此讓魔族眷屬的感應器失效。

魔族會與其眷屬共享知覺，隨時都在監控城內。

正因為對手具備這樣的能力，才有機可乘。畢竟敵人以為生物逃不過樹妖的眼睛，便會認定我們並不在樹妖的布署範圍內。

……暗殺者要鑽的就是這種思路漏洞。有監視器就安心了，有人站崗就安心了，有軍犬在就安心了，那些「安心」對我們來說，正是最方便的破綻。

「盧各少爺，我們要怎麼把魔族找出來呢？」

「我施展了運用風的探測魔法，這會尋遍城鎮每個角落。如果還是找不到，到時候我就要用比較粗魯的方式逼對方現形。」

我們邁步穿過綠油油的怪物之間。

同時也警戒著四周，想找出敵人。

而且，我還到處留了東西下來。

約兩小時就繞完一圈。

不知道是幸或不幸，我們並沒有碰上魔族。

「回到原先的地方了呢。改用粗魯的方式吧。」

「盧各，你從剛才就到處撒落的東西，是那個對不對？」

「沒有錯。那是特製的琺爾石。」

沒錯，我將城裡繞了一圈，順帶也將琺爾石撒了一趟。

那些全是為今天準備的爆焰強化型貨色。

總計二十二顆。

數量足以將整座城燒光，還用了最具效果的配置。

「盧各少爺，請問琺爾石沒有將魔力灌注到臨界點，是不是就不會爆炸？即使留在那些地方也發揮不了意義吧？」

「那是當然，不過我已經做好引爆的準備了。琺爾石上頭施有我跟蒂雅兩個人發明的魔法，那種術式會吸收充斥於大氣的瑪那。調節吸收力強度，使能控制達到臨界點的時間。說起來，就像定時炸彈吧。二十二顆珐爾石，我有計算好讓它們同時引爆。」

「少爺的意思是，之前光用一顆就有非凡威力的爆焰，這次要一口氣用上二十二顆？那樣的話，場面到底會有多慘烈呢？」

「整座城都將被燒光。我是如此安排的。」

城裡若有人存活就無法動用的手段。

但是，被綠油油怪物籠罩的城裡不可能有人存活。

而且我也向國家確認過，為了打倒魔族，無論做什麼都可以。

既然如此，燒了整座城也無所謂。

「我問你喔，盧各，做這些是為什麼呢？不用那種【誅討魔族】的力場，殺掉對方也沒意義吧？那些樹妖確實很煩人又有危險性，可是這樣會不會浪費珐爾石啊？」

「為了找對方麻煩。妳有看見吧，那些樹妖會吃人，還會把那轉換成魔力儲存起來。吞噬掉一整座城鎮，應該是基於某種理由需要大量魔力……或者靠那股魔力讓樹妖增生，藉此加強軍備就是對方的目的。只要用這種方式，把辛辛苦苦才完工的成果毀掉，魔族也會氣不過。之前我們繞了一圈都沒有找到敵人，我要澈底惹怒對方，逼魔族主動出來見人。」

當我們說著這些時，便來到了城鎮外頭。

若是待在城裡，連我們都會被燒死。

況且從城外俯瞰，要找出敵人比較方便，也不容易被敵方發覺。

我在距離城鎮入口幾十公尺遠的地方，造出類似深深壕溝的掩體，並且躲起來。

利用特殊望遠鏡，即使從坑裡也能看見城鎮的狀況。

「照我的計算，再過一分鐘左右就會開始。」

根據大氣中的瑪那濃度會有誤差，不過差再多也就十秒左右。

此時，琺爾石應該開始冒出裂痕了吧。

接下來，我要將魔族不惜滅掉一座城儲存的魔力，還有增加的眷屬統統摧毀。

性情再怎麼溫厚的傢伙都會氣壞才對。

……憤怒的情緒會拖累判斷力。激怒對手是極為有效的手段。

「來了嗎？」

壓倒性的高漲魔力傳達到我們這裡。

「妳們倆，千萬別探出臉喔。這道壕溝有風之結界把熱與火焰隔絕，只要從這裡離開一小步就會死。」

即使沒有被火焰直接掃到，爆焰規模是如此廣大。

附近所有的氧氣都將燃燒殆盡，那種空氣吸一口就死定了。

「我懂喲。」

「是、是的。」

塔兒朵似乎會怕，就緊緊貼著我，蒂雅看了也學起塔兒朵。

就在十秒過後。

世界被赤紅所包覆，紅紅火焰從壕溝上頭流過。

萬物都成了清一色紅。

二十二顆，亦即六千六百人份的魔力催生出爆焰，將整個世界塗改成紅色。

紅蓮火焰不會放過任何的存在。

將一切吞沒，並且擴散，然後所有東西都如虛相般消失。

火焰燃燒需要空氣。

那種琺爾石裡有灌注風之魔力以供應空氣，但結果連那些都在瞬間燃燒殆盡。

就在下個瞬間，由於失去空氣，勢如怒濤的風壓從周圍湧入，連原本勉強還保有原形的少數建築物都跟著碎散炸飛。

宛如一場惡夢。

若不是待在坑裡，我們應該也被炸到大老遠了吧。

一切結束後，我們依序用望遠鏡窺探外頭。

她們倆好像都還不敢從坑裡探出臉。

「城鎮……城鎮消失了。」

「……沒聽說過有這種事。憑一個具備魔力者就破壞掉城鎮，甚至將城鎮消滅。」

用破壞來形容都嫌溫和。

這要叫消滅。

城鎮消失得無影無蹤，曾為城鎮的地方成了空地。

只要有效率地運用二十二顆珐爾石，就會如此。

真的什麼也不剩。

「欸，盧各，如果你有那個意思，是不是也可以對王都做出一樣的事？」

「我可以。只需潛入王都，將珐爾石做適當的配置再脫離就好，費不了什麼工夫。所以，我有這種本領要保密，不然會被當成危險人物。」

我會把這場天大的浩劫全推給魔族。即使中央說過做什麼都可以，消滅城鎮以後，誰曉得會招來什麼怨言。

何況我的人身安全也會不保。

「就是啊。在上級那些人看來，也許盧各比魔族還可怕。幸好今天沒有人跟監。」

「如果有人跟監，我會改用別的手段啦。」

只要有意就能在幾小時內消滅城市的人。

對為政者來說，這種人除了恐怖之外別無可言吧。

當魔王以及魔族的威脅還在，國家應該就願意留他一命，不過在威脅消失後，將他除去便是天經地義。

萬一那傢伙吃錯了什麼藥，還是被別國收買，或者有了想要支配國家的野心，光是如此就會導致亡國。

當然了，我並沒有那種打算。然而，光是辦得到就會有危險。

為了安全而將之排除，是極為合理的想法。

……打倒魔王以後，艾波納會發狂，或許就是受了合理判斷下的那種處置所致。

假如我真的不殺勇者就要拯救世界，那更應該想出只將勇者力量抹消的方法。

區區人類都找出了殺魔族的方法，應該不無可能吧。

「就算那樣，魔族依然活得下來嗎？」

「或許已經死了，但是會復生。那麼，本身累積至今的成果全部炸光了，魔族還能保持冷靜嗎？被我激到這一步，假如對方還是要偷偷摸摸地躲著，那我們就束手無策了。到時候，敵人八成又會在其他城鎮故技重施，而我還是會把那些全部炸光。就用這種方式，等待遲早要來臨的忍耐極限。雖然說，我可不希望跟敵人那樣拖。」

我從坑裡窺伺外頭的狀況。

我凝視城鎮……不，我凝視著原為城鎮的空地，確認有無動靜。

這是看誰先找出敵人的比賽，要靠耐心取勝。

差不多過了兩三分鐘。

有巨響傳出。

聲音來源，是原為城鎮之處的中央。

地鳴聲一路傳來這裡。

「嘎啊啊啊啊啊啊啊啊啊啊啊啊啊啊啊，人類欸欸欸欸欸欸欸欸欸欸欸欸欸欸欸欸欸欸欸，瞧你做的好事啊啊啊啊啊啊啊啊啊啊啊啊啊啊啊啊，居然……居然把我養育到現在的森林燒光喔喔喔喔喔喔喔喔喔喔喔喔喔喔喔喔喔！明明……明明只差一點就能結實啦啊啊啊啊啊啊啊啊啊，我要殺了你噫噫噫噫噫噫噫噫噫噫噫噫噫，我要殺了你噫噫噫噫噫噫噫噫噫噫噫噫噫噫！」

對方發火了。

嘶吼，大吵大鬧，還放聲痛哭。

如兜蟲般長著黑角與綠甲殼的人型魔族。上半身覆有厚實呈銳角的甲殼，使其更顯高度攻擊性。

從操控樹木這一點，我還以為魔族本身也屬於該類生物，沒想到會是兼具人類與昆蟲要素的蟲人。

……防禦力、力量及速度兼具的強敵。

棘手。

不過，看來這場較量是我獲勝。

我們這邊單方面發現敵人了。

那麼，剩下的很簡單。殺掉它便能完事。

「蒂雅、塔兒朵，打信號之後就從正面衝上去，我往旁邊繞。」

「要用那套計畫對吧。」

「我會保護好蒂雅小姐的！」

由蒂雅設力場以便殺掉魔族，塔兒朵來保護她。

然後，我會從死角下殺手。

非得合團隊之力才能殺掉魔族。

……殺魔族的力場首次投入實戰，殺那傢伙的魔法也是第一次在實戰使用。

即使如此，我仍不擔憂。

沒有這支團隊無法暗殺的目標。

我對蒂雅和塔兒朵的信任足以讓我有這種念頭。

Episode19

第十九話 暗殺者伺機

The world's best assassin, to reincarnate in a different world aristocrat

兜蟲魔族正在瘋狂大鬧。

那傢伙曾說「明明只差一點就能結實」。

結實就是那傢伙的目的，為此它將一整座城鎮的人類都吞噬光了。

……可以想見那所謂的結實對人類不會是什麼好事。

單能阻擾結實，應該已算充分的戰果。

而且，還有另一項收穫。

那傢伙身上並無半點傷痕。

它待在那座城鎮裡，就不可能沒受到火焰焚燒。

儘管對方也可能是具備強大再生能力的魔物，要靠再生了事想必有困難，那應該視為復活，我敢說它十之八九屬於魔族。

「塔兒朵、蒂雅，掌握這個好機會，確實宰掉它。」

「好的！」

「嗯，我明白喲。」

那傢伙起碼已經發現城鎮裡有入侵者。

即使如此，從對方不曾出現高調的動作可見它本應性格謹慎。如此謹慎的傢伙難得失措。

要殺它只能趁現在。

塔兒朵和蒂雅會由正面進攻。

我會隱藏氣息往旁邊繞。

事前我就挑好了幾個狙擊點，要趕往的是其中之一。

從那裡用我久藏的招式一擊將它消滅。

這次我準備的術式需要花時間唱誦。即使用境界高於【多重唱誦】的【高速唱誦】，仍然久得無法在戰鬥中使用。

所以，只好採取隱匿行蹤的暗殺。

……塔兒朵、蒂雅，麻煩妳們善加應付。

我信任她們的能力，並且準備盡我的職責。

◇

塔兒朵和蒂雅拔腿疾奔。

她們的內心有著恐懼。

正因為透過盧各的手術獲得了將魔力可視化的圖哈德之眼，她們都理解到兜蟲魔族蘊藏的力量有多麼雄厚。

挑戰那種怪物是自殺行為。

更何況，對方正在發火，狂暴性已經展露無遺。

「塔兒朵，妳明白吧。反正傷到它也會再生，我們該做的就是絆住對方，還有拖時間。」

「是的，我會壓制住它的行動，製造出破綻好讓蒂雅小姐發射的【誅討魔族】確實命中。」

「嗯，就這樣拜託妳嘍。因為我只能發射兩次，或許不太有餘裕。」

蒂雅靠著【追隨我的眾騎士】增進實力後，已經有能力發動【誅討魔族】。

而且在馬車上提到要用來將【誅討魔族】發射出去的術式也已經完成了。

不過，即使說有能力發動，那仍是魔力消耗量極為可觀的魔法。

雖然蒂雅靠【超回復】和【成長極限突破】逐漸讓魔力量增加了，但兩次就是她的極限。

只能失手一次，對她構成了相當大的壓力。

兜蟲魔族以它的眼睛捕捉到塔兒朵和蒂雅。

「就是妳們做的好事嗎啊啊啊啊啊啊啊啊啊啊啊啊啊！」

明明只是嘶吼，那卻化成衝擊波，將塔兒朵和蒂雅震飛了。

兩人著地後，塔兒朵就迎上前，蒂雅則當場開始唱誦。

運用了【多重唱誦】的複合魔法。

那一招是以往蒂雅未能練成的【砲擊】。

巨大的火砲塑造成形，並且射出鎢製砲彈。

蒂雅手邊現有的招式中，最具貫穿力的魔法。

目標是右大腿，如果旨在擊殺就不會瞄準那裡。

不過，只是要封鎖敵人行動的話，那麼做是可行的。

砲彈依照瞄準，轟在對方的右大腿。

憑蒂雅對魔法的精確掌控才能辦到的精密射擊。

連厚實鋼板都能貫穿的一砲將甲殼擊破，凹陷了大半。

……而那表示魔族的甲殼硬度高於鋼板。

塔兒朵和蒂雅的表情微微繃緊。

「好痛啊啊啊啊啊啊啊啊啊啊啊啊啊啊啊啊，臭女人妳搞什麼啦啊啊啊啊啊啊啊啊啊啊啊啊啊啊啊啊！」

兜蟲魔族高舉什麼也沒拿的手臂，擺出投擲架勢。

甲殼的一部分飛了過來。

甚至超越音速的一擊朝蒂雅飛射而來。

塔兒朵當場用纏有風的長槍突刺，令彈道偏移。甲殼落在後方，發出巨響。

迎面接招的話，手腕肯定已經廢了，換成常人應該根本做不出反應。

然而，塔兒朵將魔力灌注在圖哈德之眼，強化了視力。

「請蒂雅小姐找出破綻就盡快動手。我想，我大概撐不了多久。」

「嗯，我沒有打算讓妳等太久。」

兩人對彼此點頭。

塔兒朵朝頸子進行注射。

那是盧各也有用過的能暫時解除大腦限制的藥。

感官暫時性地變得敏銳，魔力釋出量也會提升，但是不到十分鐘就會失去作用。

即使如此，判斷要是不用這個就會立刻被打垮的塔兒朵還是用了……而且，她所做的判斷是正確的。

魔力的瞬間釋出量大幅提升，在那種狀態下進行【獸化】。

狐耳朵和尾巴隨之蹦出。

藉由如此，感官進一步獲得凝鍊，體能有了顯著的提升。

「我要咬碎盧各少爺的敵人！」

她露出凶猛的笑容。

於【獸化】之際，塔兒朵的狂暴度會增加。

訓練過程中，她一直在學習不加克制，還委身野性的方法。

塔兒朵刻意不壓抑內在的衝動，任由本能橫衝直撞。

為了迎擊，兜蟲魔族向前伸出手臂，飛針便從手臂射出。

這招完全出乎意料，但塔兒朵已經將感官凝鍊到極限，因此驚險地扭頭閃開以後，就順勢用長槍朝敵人捅去。

可是，卻遭到甲殼輕易彈開。

「剛才，妳有做什麼嗎？」

「……可惡的臭蟲。」

塔兒朵腳步未歇，直接繞到對方背後，朝毫無防備的背影使出全力一擊，而那也沒用。

兜蟲魔族隨手揮出的一擊反被她無驚無險地躲掉，然後拉開距離。

之後塔兒朵又下了各種工夫展開攻擊，卻全部無疾而終。

甲殼實在太硬，其接縫更被特殊的護膜裹覆，槍尖刺不穿。

敵人本來就硬得要用【砲擊】才總算讓甲殼凹陷進肉裡，就算再怎麼強化體能，區區長槍也不可能貫穿它。

即使如此，塔兒朵仍以她的速度壓制對方，並且不停出槍。

「你速度太慢，我都要打呵欠了。臭蟲！」

速度差太多，兜蟲魔族完全跟不上。

陷入右腿的砲彈也構成了箝制其行動的要因。以成果而言，陷在肉裡比貫穿更加理想。

結果就是兜蟲魔族無法從正面捕捉塔兒朵，單方面受她玩弄。

然而，塔兒朵絕非處於優勢。因為不管發動多少攻擊，都沒有任何一槍起作用。

何止如此，塔兒朵的呼吸開始紊亂了。

不用這種速度就會被逮住，但這種速度並不能一直維持。

照這樣下去，腳步停住就會遭受致命的一擊。

要不然【獸化】也將到達極限。

……沒有錯，兜蟲魔族什麼都不必做，光是維持現狀就能贏。

明明如此，它卻發飆了。

「就只會戳來戳去戳來戳去，妳煩死了！」

敵人出拳重叩大地。

無數石礫朝四周飛散。

塔兒朵幾乎全部閃開了，卻還是有幾發沒躲掉而中招。

更不巧的是腹部中招，塔兒朵跪倒在地。

硬生生受創，連呼吸都無法隨意。

而兜蟲魔族就悶著笑意，一邊走到塔兒朵跟前，然後舉起拳頭。

「看我打扁妳噫噫噫噫噫噫噫噫噫！」

拳頭猛力揮下。

瀕臨絕命的處境，可是塔兒朵的嘴角卻上揚了。

其實腹部挨中的那一擊，透過盧各製作的緩衝內襯與魔力防禦，並沒有多大傷害。

這是演技。

她用演技的理由有一。那就是一面讓身體休息一面爭取時間唱誦。

塔兒朵做不到同時唱誦魔法以及用魔力強化體能。

所以有必要像這樣讓敵人以為自己動不了，藉此爭取時間。

塔兒朵的魔法發動後，便有雷光纏身。

她與兜蟲魔族錯身而過。

兜蟲魔族大概嚇壞了，畢竟塔兒朵的身手比剛才更快，迅疾如雷。

而且……

「啊嘎嘎嘎嘎嘎嘎嘎嘎嘎嘎嘎嘎嘎嘎嘎嘎嘎嘎嘎！」

先前完全沒有發揮過作用的一擊，讓兜蟲魔族痛苦得暈厥。

跟之前一樣，長槍並沒有貫穿甲殼。

然而，雷勁流入甲殼，侵蝕到內側了。

高壓電流通過，迫使兜蟲魔族陷入無法行動的狀態。

不過，塔兒朵也到了極限。狐耳朵和狐尾巴消失，膝蓋隨之觸地。

以藥劑強行導出力量，實戰的精神壓力，各種因素使她的極限比練習時更早來到。

「蒂雅小姐！」

塔兒朵央求似的喊出聲音。

這是塔兒朵能給蒂雅的第一次兼最後一次機會。故技重施既不會管用，更沒有餘力，就是因為缺乏絕活來創造第二次的破綻才得拚命。

「【誅討魔族】。」

蒂雅以手比槍，釋出魔力團。

魔法完成得實在太快，明明憑蒂雅的能力也要花許多時間來完成這道魔法才對。

是的，蒂雅一直冷靜地在觀察塔兒朵的動向。於是，她在雙方交錯時，就篤信塔兒朵必定會幫她製造破綻而預先做了唱誦。

所以，唱誦在「當下」就結束了。

假如等魔族停下動作才開始唱誦，或以為戰局陷入劣勢就起意改用其他魔法替塔兒朵助陣，兜蟲魔族的僵直會在【誅討魔族】完成前解除，塔兒朵製造的好機會應該就回歸於無了。

正因為蒂雅信任塔兒朵，才能專注於本分，掌握住好機會。

蒂雅釋出的魔力團命中目標。

以該點為中心形成球狀的力場，將兜蟲魔族包裹住。

【誅討魔族】。

對無視於理復活的魔族使用，使對方變得性命可絕的魔法。

首度投入實戰曾令人不安。但是，只要看到兜蟲魔族驚慌失色的模樣，就可以明白那發揮了多大的效果。

蒂雅忍著沒有望向盧各所在的方位。

就算只有1％的可能性，她也不想增加讓兜蟲魔族發現盧各的機會。

塔兒朵也在忍耐，蒂雅就不能放縱自己。

他們三個是一支團隊，團隊合作不是靠感情，而是靠所有人盡力才能拿出成效。

這是盧各的口頭禪，塔兒朵與蒂雅也相信這項教誨。

蒂雅決定等待就好。

塔兒朵盡到了保護蒂雅並製造破綻的職責。

蒂雅盡到了發射【誅討魔族】命中敵人的職責。

所以，盧各絕對會盡到在最後暗殺魔族的職責。

她信任盧各，信任到敢說絕對會如此的程度。

大概是因為這樣吧，在盧各沒有趁幾秒鐘內宰掉兜蟲魔族，塔兒朵和她自己都會被殺的狀況之下……蒂雅露出了微笑。

Episode20

第二十話　暗殺者狙擊

The world's best assassin, to reincarnate in a different world aristocrat

從篤定塔兒朵能用雷擊命中敵人時便開始的唱誦進入最終階段。

『塔兒朵、蒂雅，妳們做得好。』

那頭兜蟲魔族強大無比。

假如由我在學園交手過的副團長去對付，不到一分鐘就會變成肉醬。

制住其行動，還使它中了【誅討魔族】。

除了她們倆之外，應該沒人能辦到這種技倆。

塔兒朵和蒂雅都完美盡到了自己的職責。

正因如此，我要盡到我的職責。

我將魔力灌注於圖哈德之眼，望向兜蟲魔族。

魔力的動向看得很清楚。

而且，與魔力不同的力量亦然。

那是帶給魔族不死之軀的力量，聚集在摻有紅色寶石的心臟。

摻有紅色寶石的心臟原本是屬於概念性的存在，無法以肉眼看見，更無法加以干涉。然而，若是透過【誅討魔族】化為實體就另當別論了。

我把全副神經都集中在狙擊上。

這裡是離兜蟲魔族約兩百公尺處。

距離越遠，攻擊的精準度越會下滑，抵達時間變長，威力也會減弱。

然而，這些都無關緊要。

對我新創的魔法來說，這點距離絲毫不成問題。從絕對不會被敵人察覺的位置發射瞄準好的一擊反而才要視為第一要務。

新魔法屬於【槍擊】的正統進化版。

追求的是兼顧超精密射擊與超強火力。

以往當成王牌的【昆古尼爾】就算有威力，使用起來還是太不方便。

命中所花的時間過長，效果範圍太廣導致可用的狀況有限，要瞄準有困難。

正因如此，在新的魔法上面，我將這些缺點全部克服了。

起初我打算採用進一步強化【砲擊】的方針。可是，就算以魔力形成覆膜來強化硬度已達生成極限的合金，能承受的爆壓仍有上限。

其上限沒有足以當成王牌的威力。

於是我求得的解答是用炸藥以外的方式讓子彈加速射出的魔法。

名稱為……

「【磁軌槍】。」

與我身高相當的長管槍被固定在大地。我趴下，並且伸手摸向長管槍。

填彈。

特性適用於【磁軌槍】的合金。尺寸同步槍彈，重量卻將近一公斤。

長管槍透過槍座固定著。

魔法名稱既然會取作【磁軌槍】，當中結構也是以其為準。

把子彈夾進特殊材質的軌道之間，在這種狀態通入巨量電流。軌道與子彈接觸的部分將會藉此產生相互作用，形成推進力。

……原理本身並沒有多難，結構卻相當精密。

這種槍無法在每次發射都製造一挺出來，因此平時都收納於【鶴皮之囊】。

說起來，它就是為了使用【磁軌槍】這項魔法而準備的法杖。

我把琺爾石填進長管槍，魔法終於唱誦結束。

【磁軌槍】是運用【多重唱誦】執行三種魔法所構成的複合魔法。

我在琺爾石裡灌注了無色魔力。琺爾石炸開後會湧出無色魔力，並透過第一種魔法轉換成電力。

方才，塔兒朵用的雷擊魔法就是我在創造這項魔法之際所衍生的副產物。

巨量電流透過第一種魔法流入長管槍。

幾乎在同一時刻，第二種魔法就跟著發動了。

那使得長管槍急速冷卻，溫度下降至接近絕對零度。

用於減低電阻的魔法。

巨量電流通過會產生熱，而熱度會造成結構變形，最糟的狀況將導致破損。

然而，只要接近絕對零度，電阻便幾乎等於零，不會產生熱度。

換句話說，冷卻魔法不只可以保護長管槍，還能去除電阻造成的能量流失而提高威力，並且起到增進精準度的作用。

接著是第三種魔法發動。擋風的魔法。正常發射的話，子彈會在抵達目標前就先燒光。

【磁軌槍】的發射速度就是這麼快。

有這項魔法才能讓子彈抵達目標。

子彈發射出去。

……連圖哈德之眼都完全捕捉不了。

開槍的下一個瞬間，兜蟲魔族的胸口就冒出了大洞。

再間隔一次呼吸，餘波便將魔族腳跟以上的部位撕裂。

緊接著，子彈命中遙遠後方的大地而造成環狀坑。

「不偏不倚的超精密射擊，無話可說的威力。好用的魔法。」

我滿意地點頭。

應該沒有比這更適合用於狙擊的魔法了。

我在無人島進行實驗的時候，以全力發射的【磁軌槍】初速是秒速五‧九公里，約為音速的十七倍。

其威力則是十七‧四ＭＪ。

可將戰車砲兩倍的動能塞入步槍彈的超級兵器，威力集中於一點就會讓貫穿力達到好幾倍。

以子彈尺寸保有如此龐大的動能，外界的諸般要素都可以當作誤差不計。

命中所需的時間更是短到暴力。

兩百公尺的距離花０‧０３秒便能抵達。這同樣是提升射擊精度的一大要因。抵達目標的時間越短，受重力等作用的影響越少。

這挺【磁軌槍】的最大武器是精度。

只需朝目標一直線發射，就能如願命中的夢幻武器。

大概再也沒有這麼適於暗殺的魔法了。

威力是不及【昆古尼爾】，但用途比【昆古尼爾】多得多。

硬要找缺點，就是灌注於琺爾石的魔力要轉換成電力，並用的另外兩種魔法更需要靠我豁盡所能釋出魔力，又難以操控，開這一槍必須如此專注，會讓我變得毫無防備。

另一項缺點則是三種魔法非得同時執行，沒有【多重唱誦】就無法使用。

缺了靠【追隨我的眾騎士】借來的技能就無法使用，便是一大缺點。

……即使如此，能以超高威力狙擊幾公里外仍然很有魅力。

再次填彈。

我確實將魔族的核，亦即摻有紅色寶石的心臟射穿了。

可是，如果【誅討魔族】效果不完整，或者將摻有紅色寶石的心臟定型後擊碎就會死的假設有誤，那傢伙就會復活。

這樣的話，為了爭取時間讓位於前線的塔兒朵和蒂雅逃跑，我還要再開一槍，然後盡全力撤退。

我維持跟第一槍同樣的集中力，並且望向那傢伙。

就這樣，過了五分鐘。

「沒有復活嗎？」

我總算鬆了口氣。

由我跟蒂雅創造的【誅討魔族】完美無缺，我的假設是正確的。

區區的人類也能殺掉魔族。

對人類而言，那是希望，同時也將連帶減輕艾波納的負擔。

大可想成艾波納在未來成為人類之敵的可能性降低了。

我站起身，開始把用於施展【磁軌槍】的長管槍收進【鶴皮之囊】……隨即拋開這項工作，跳向後方拿起了短刀備戰。

「哎呀，被你察覺了嗎？」

有一名女子從背後的森林現身。

褐色肌膚與黑髮，妖豔身材被煽情的服裝所包覆。

還有，那雙紫色眼睛讓人聯想到蛇。

……對方並非人類。

我在一瞬間就如此篤定。

哪有人類會具備這等力量。

她恐怕是魔族。

不妙了，我現在只有一個人。憑我一個無法兼顧【誅討魔族】與戰鬥。

我放棄取勝。

先剝奪對方的機動力，再一面誘敵一面跟塔兒朵還有蒂雅會合。

跟塔兒朵還有蒂雅會合後再來殺她。

「請不要那麼戒心重重，我根本無意與你交手。我可是心懷感謝喔，有你幫忙宰了礙事的古魯多。」

她帶著柔和的笑容向我攀談。

然而，身上卻毫無破綻。

「古魯多，原來那隻兜蟲叫這名字啊。」

在大多數狀況下，跟敵人交談都是不智之策，但既然對方無機可乘，又是不死之身，靠交談拖時間仍然有用。

而且，這次還有從對方口中套些情報出來的好處。

才短短兩三句話，我就篤定這個魔族知道我不曉得的事。

「是啊。順帶一提，我叫……罷了，我的名字留到彼此關係深一點以後再提吧，在那之前請叫我蛇。今天我是來偵察敵情的，沒想到古魯多居然被宰了。幸好你趕在那玩意兒結實前出手。」

「偵察敵情，難道魔族之間正在互相廝殺？」

「與其說是互相廝殺，不如稱作競爭。」

非殺她不可的理由增加了。

這傢伙提到魔族之間正在競爭。那表示魔族之間有辦法溝通，還有社群存在。

……換言之，這個魔族有把我這個人，還有我用的【磁軌槍】轉達給其他魔族知道的危險性存在。

此外，還有一點讓我在意。

這傢伙自稱是蛇之魔族。這讓我聯想到從穆爾鐸返家之際，跟那些貴族一同襲擊我的蟒蛇魔物。

「競爭？為了什麼？」

「祕密。哎呀，我還以為你是勇者，原來只是區區的人類？哦，人類居然有能力殺我們了。規則改變了嗎？還是說，你屬於異類？」

「誰曉得。」

讓我在意的字句又增加了。

規則改變了。

人類殺不了魔族是規則。那麼，應該想成有人制定了這樣的內容，還賦予魔族不死之身。

「哎，也罷……我問你，要不要跟我做個交易？我呢，會對其他魔族隱瞞你用了什麼方式殺古魯多。當然嘍，有人類殺得了魔族這件事我也會保密。所以，能不能放我一馬？」

……越來越鬆懈不得了。

對方看穿了我只好殺她的想法，以及其中理由。

跟蛇對打勝算也很低，對方提出的條件並不差。

可是，能不能信任就值得懷疑了。

「那樣未免給妳太多方便了吧？妳不想殺我，是因為妳打算把所謂的競爭對手交給我處分。對我而言，要妳保密是當然的，妳還得付我代價。我要的是情報，其他還有什麼樣的魔族？名字是？模樣是？能力是？弱點是？以哪裡為據點？」

這有一半是在套話。

另一半則是試探。倘若理由如我所料，這個魔族就是可以信任的。

「原來人類是有智慧的呢。因為以前那些當勇者的，腦袋都跟猩猩一樣，我還以為人類也是一群猩猩。」

「聽妳的口氣，彷彿勇者並不是人類。」

「那怎麼可能算是人類呢？你在說什麼嘛。」

對方嘲弄似的嘻嘻笑了出來。

那怎麼可能算是人類——這話有意思。

話裡頭似乎不是指勇者那過人的本事，有某種玄機。

「所以，妳的答覆是？」

「請容我這邊也多提一個問題。假如你肯回答這個問題，我就出賣那些傢伙。咳……他是你殺的第一個魔族嗎？在兜蟲之前，你是否殺過豬呢？」

豬嗎？我想起之前襲擊學園的魔族。

「想殺而沒有殺成。不過，我是造成那頭豬死亡的原因之一。」

我給她些許優待。

因為這是必要的投資。

蛇的嘴角強烈上揚。

「哦，『果然沒錯』。交涉成立了呢。我保證會在必要之時，給你必要的情報……接下來我將轉身背對你，想偷襲的話請便。但是，要偷襲請做好覺悟。不只是你，連你從剛才就掛懷不已的那些可愛女孩，也會落到讓我樂不可支的下場喔。」

「我倒不覺得自己有露出那種態度。」

我是一直掛心著塔兒朵和蒂雅。

然而，我並沒有蠢到會自曝弱點，也沒有那麼不成熟。

「即使沒有表現在舉止上，女人就是看得出來。你們幾個都念著彼此，好可愛呢……可愛到讓我想吃掉你們。」

我目送了轉身而去的蛇。

現階段，我可以跟對方交易有益於彼此的情報。

不只其他魔族，我還想從蛇那裡問出更多情報。那女的曉得許多我不知情的事。

等到完全看不見蛇以後，我運用探測魔法確定周圍沒有敵人，才解除架勢。

「被迫參加連規則都不清楚的博弈，我可不開心。」

我從之前就覺得自己對這個世界有太多不明白的事。

何謂魔族，何謂勇者，我連這些都沒有搞清楚。

要贏就得有戰略。

為此最重要的是掌握現況。我希望利用那條蛇取得跟其他自認參局者一樣的視野。

只是，該名蛇魔族不可不防，必須注意。

她講起話來好似對我一無所知，然而這女的肯定有在調查我。

像這樣談過我就有把握了。從穆爾鐸回家的路上，帶人襲擊我的蟒蛇魔物就是她的眷屬……用圖哈德之眼看到的魔力型態與顏色都十分相似。

操控貴族，還派人襲擊我，對方絕不可能沒查過我的底細。

當下，我刻意不跟她提這些。

畢竟我認為把多餘的桎梏帶上談判桌會礙事。

「再來，局勢會如何走呢？」

不管怎樣，現在先到塔兒朵和蒂雅身邊吧。

她們倆都很努力。

要誇獎一番才可以。

更重要的是，我想擁抱她們倆。我有如此的心境。

Episode21

第二十一話　暗殺者稱讚

The world's best assassin, to reincarnate in a different world aristocrat

目送蛇離去以後，我趕往塔兒朵和蒂雅身邊。

於是，注意到我的兩人也一邊跑來一邊向我搭話。

「盧各少爺的魔法好厲害！就像光一樣。」

「唔唔唔，明明我也有一起研發魔法，自己卻不能用，真不甘心。」

塔兒朵亮起眼睛，蒂雅則顯得不滿。

蒂雅是在不滿研發出了嘔心瀝血之作，自己卻無法使用。

研發【磁軌槍】花了我們不少苦心。

這套魔法非但精細無比，三種魔法要同時使用更是難以調整，蒂雅真的付出了許多心力。

在透過【追隨我的眾騎士】獲得【多重唱誦】之前，構想本身就已經存在，在當時的階段是設計成由多名具備魔力者分工協力來使用。

照起初的安排，我造出【磁軌槍】的法杖後，蒂雅會應用火魔法的溫度操控製造絕對零度，塔兒朵再以風魔法轉換電力，我則負責減輕空氣阻力與狙擊。合三人之力就不需要【多重唱誦】也能使用。

我們為了必要之時而做過練習，所以塔兒朵才懂得使用【雷擊】。

萬一我失去【追隨我的眾騎士】賦予的力量，應該就會改成三個人來用。

「蒂雅，妳遲早也會變得能使用啦。妳的魔力量不是正在增加嗎？」

「我每天都在努力，卻遲遲練不上去，很讓人心急耶。」

「也對啦。我從兩歲時練到現在才總算有這種能力。妳別急，要持之以恆。」

蒂雅的魔力操控、術式建構速度都高於我。

然而，無奈魔力的絕對量不夠，她無法同時使用【磁軌槍】所需的三種魔法。

這只能花時間一點一滴地練起來。

「雖然我頭腦裡是明白這一點啦。」

「就算使不出【磁軌槍】，妳還是可以用那招吧。」

「可以是可以，不過那招就跟【砲擊】差不了多少嘛。」

我們談到的那招，是配合蒂雅魔力量縮小規模的低階版【磁軌槍】。

不使用整顆瑎爾石，改用粉末來節制變換所需的魔力量，就成了蒂雅也能駕馭的泛用魔法。

為此我也另外做了一把法杖。

其威力……保有的動能與【砲擊】差距不大，但是對定點的精密射擊威力能與【砲擊】相去無幾，彈速更超越音速，也已經夠強了。

「將來，我絕對要創出只有我能用的魔法喔。怎麼說呢，就是那種精密至極，還需要運算力的魔法。盧各，你也應該體會看看我每次都因為魔力不夠而懊惱的心情啦……滿令人焦躁的喔。眼前明明有超棒的魔法卻沒辦法用。呵呵呵。」

「我會期待的。」

實際上，憑蒂雅的本事就創得出來吧。

非得有蒂雅那種天才般的魔力掌控能力，才用得了的超高難度魔法。

照蒂雅的性子會討厭徒勞。難度高是必然的，魔法創出後應該會有相應的價值。

真期待她會創出什麼樣的魔法。

「塔兒朵，身體還好嗎？感覺上，妳似乎相當勉強自己。」

【獸化】對身體有莫大負擔，而且還動用了藥劑，在變身狀態下戰鬥到瀕臨極限。

塔兒朵都裝成沒事，然而她應該是相當疲憊的。

「是、是的，雖然有點疲倦，但我不要緊。」

嘴巴上是這麼說，她的腿已經發軟了，還冒著大汗。

應該連站著都很辛苦吧。

……那種藥的副作用也出現了吧。儘管靠【超回復】提升了回復力，其回復力於分解藥力之際冒出的毒素一舉湧上，才更是令人難受。

不可能只是有點疲倦而已。

我露出苦笑，然後把塔兒朵當公主抱了起來。

這一抱才讓我嚇到。塔兒朵的身體好熱，嚴重發燙。

「呀啊！盧各少爺，為什麼——」

「別逞強。我就這樣帶著妳走。」

為了避免遭受波及，我有交代馬夫在離得相當遠的森林待命。

塔兒朵目前這樣是沒辦法自力走到那裡的。

「少爺，這怎麼好意思。」

「沒什麼不好意思。我們是團隊，當然要相互扶持。還是說，妳排斥這樣？」

「……我並不會排斥。何止不會，還覺得好高興。」

塔兒朵臉紅，大概是害臊到極點的關係，還轉開了目光。

「有點讓人羨慕耶。不過，今天就容許你們嘍。畢竟最危險也最累的人，都是塔兒朵嘛。」

蒂雅說著便來到我身邊。

「說得沒錯，塔兒朵，妳做得很好。」

最危險的職責無疑是由塔兒朵盡到的。不好好誇獎她的話，我可不配當領導人。

「怎、怎麼會，我做的根本不算什麼。讓魔族變得可以殺死的是蒂雅小姐，打倒對方的則是盧各少爺啊！」

「太謙虛有時候會讓對方感到不快。難道妳想說，我跟蒂雅所給的評價有錯？」

我用戲弄般的柔和口氣告訴她。

然而，塔兒朵講話卻變得吞吞吐吐，不對勁。

「沒、沒那回事。我根本，不是那個意思——」

「既然如此，妳就要敞開心胸高興呀。對了，盧各，要不要給塔兒朵什麼獎勵？」

「這樣倒也不錯。塔兒朵，妳想要什麼？」

不知怎地，我的問題讓她臉紅得幾乎要冒出煙來。

「那、那個，呃，請讓我在跟少爺兩個人獨處時再討獎勵。」

「哦，妳不想被我聽見討什麼獎勵啊。是色色的事情嗎？」

「才、才不是那樣！」

「說得也對。塔兒朵又不是那麼大膽的女生。」

蒂雅在塔兒朵面前偶爾會變得像個壞心的女生。

也許這是她疼塔兒朵的方式。

當我們聊著這些時，便抵達馬車了。

馬夫有遵照我的吩咐，等在指定的場所。

……只不過，有件事我無論如何都覺得掛懷。

我會叫馬夫在這裡等，是為了避免對方受到殃及。不過，不只是如此，這也是為了避免讓我們的本領曝光。

可是，他們肯乖乖照我的話做，這就奇怪了。

命令我誅討魔族的那些高層都想要得到情報。

那些人應該會想確認我是否真的擁有足以被勇者認同的能耐，也會好奇我是怎麼施展力量的。

就算不是這樣，應該也要懷疑我們會不會只是裝成要對付魔族，卻不戰而逃。

再不然，也有必要確認我們真的跟魔族交戰了嗎，真的殺掉魔族了嗎。

假設我報告自己殺了魔族，沒有任何佐證就能取信的話，簡直匪夷所思。

明明如此，高層卻沒有派人跟監。

我一直都在探查現場是否有監視者，憑自己的技術還有魔法，可是並沒能找出監視者。

當然，也有可能是密探高竿到讓我無法察覺……但我很難想像有誰的能耐會高於圖哈德家之人。

當中有鬼。

按邏輯思考，應該設想成有手段可以不派人監視就確認我是否殺掉了魔族。

不知道我報告自己殺了魔族時，對方會有什麼反應。

高層要依據什麼來信任我提出的報告？

仔細探一探狀況吧。

Epilogue

終章

暗殺者接吻

The world's best assassin, to reincarnate in a different world aristocrat

我們搭乘的馬車並沒有前往圖哈德領，而是駛向王都。

這是因為有關魔族的事非得由我親口說明。

我已經利用信鴿寄出信了。

報告書裡記載了關於魔族的詳情，也有寫到我是如何擊敗的。

由於【誅討魔族】的魔法並沒有什麼好隱瞞，所以我也有寫到，至於【磁軌槍】的部分則是草草帶過。

關於獲得【誅討魔族】的經過，我表示是在夢中由女神所賜予。

該位女神的特徵及容貌，我則是照著把我送來這個世界的那個女神詳細記載上去。

她好歹是女神，很可能早有那個女神的事跡流傳於世，萬一是這樣，我報告的內容可信度就會增加。

我想把這招【誅討魔族】廣傳出去，因此聲稱是神所賜予的魔法正好方便。

沾上那層光彩，事情才容易廣傳。

何況這也可以當成釣鉤。

順利的話，我就會釣到想要的東西。

路途中，我們順道經過了大城市。

要睡在馬車也是可以，但我們有ＶＩＰ級的待遇，高層會盡可能安排讓我們過得舒適。

我們在城裡最大的旅館投宿，還各自分到了旅館裡的特等房間。

吃過與旅館等級相稱的美味餐點，用了滿滿的熱水洗淨身體。

原本穿的衣服先交給旅館保管，改穿租來的寬鬆起居服。

保管的衣服據說會在出發前洗好送回來。住宿費昂貴，服務也就體貼周到。

用餐後便各回自己房間。連身為傭人的塔兒朵都能自己住一間，可見有多慷慨。

有敲門聲，應門後塔兒朵就進了我的房間。

大概是起居服為求活動方便，用料較薄的關係，塔兒朵的誘人肢體比平時更吸引我注意。

「呃，盧各少爺，晚安。」

「妳想好要什麼獎勵了嗎？」

「是的！我就是來跟少爺講這件事的。」

從塔兒朵身上有甜美香味傳來，聞得我發暈。

那是【獸化】的副作用所致。

【獸化】過以後，塔兒朵會失常，為期大約一天。

發情的餘韻使她本人理性減弱，身上還散發出能引誘男人，並且降低理性的甜美香味及類似費洛蒙的分泌物。

換句話說，任何男人都會想要侵犯塔兒朵。塔兒朵有危險。

不過，塔兒朵會想找的男人似乎只有我。

那稱得上救贖。假如她會毫無分別地找男人，我就得將【獸化】封印起來了。

既然塔兒朵只會找我，要打發她不是什麼難事，然而反過來就糟了。

目前，就我跟塔兒朵兩人獨處。

蒂雅正在隔壁房間發明新的魔法。

白天，塔兒朵說過希望在兩人獨處時討獎勵，所以蒂雅順了她的意。

塔兒朵忸忸怩怩地把指頭併到胸前。

看著塔兒朵，我就感到口渴，心跳聲也變得好吵。糟糕，她的香味和費洛蒙害我不淺。

「即使妳胡亂要求，我也不會生氣，不用急。所以妳照自己的步調講就好。」

「好、好的。」

……害羞成這樣，到底打算要求什麼啊？

我的思緒開始蒙上迷霧了。非常不妙。

等塔兒朵講話。

我想催她，但是那樣會讓她惶恐，因此要耐心地等。

經過兩三分鐘，塔兒朵下定決心開了口。

「盧各少爺，請你吻我！我想要的是真正的親吻，不是供給魔力！」

塔兒朵的臉紅到令人同情，還含著眼淚講完這段話。

我愣住了。

白擔心一場。還以為她會要求更誇張的事。

呃，錯了。對塔兒朵來說，那是鼓足勇氣講出的一句話。

她叫我吻她，而且要的是真正的親吻。

以往接吻這件事本身都是為了供給魔力而做的，但她明確意識到了之間的差異。

那句話裡蘊含著喜歡我的心意，還有希望我愛她的心意。

……塔兒朵是家人。

一直以來，我都這麼告訴自己。

但是，在不知不覺中，我已經對一心仰慕著我的塔兒朵感到疼愛不已了。

奇妙的是，察覺到這一點，受到【獸化】副作用而迷迷糊糊的腦袋便清醒過來，讓我變回了平時的我。

進而，我做出答覆。

「好啊，不要緊喔。」

我起身把塔兒朵抱進懷裡，將嘴唇交疊。

聽從塔兒朵的心願，不單代表我答應跟她接吻，也代表我接受了她的心意。

……不過，那很令人難為情，我可不打算對她說出來。

「嗯嗯……嗯嗯嗯……」

塔兒朵對我做出回應。

令人疼愛不已。

她看起來比平時還要可愛。

儘管跟【獸化】副作用造成的費洛蒙過度分泌應該不無關係，可是我心裡湧出了比那更多的暖意。

對塔兒朵的情意冒上心頭，讓我有了不只接吻，還要繼續下去的想法。

但是……

「這樣就結束了。」

「斜斜少爺。」

塔兒朵發音不靈光了。

她含情脈脈地望著我。

即使要繼續，塔兒朵肯定也願意接受。

對此蒂雅應該不會怪我。

但是，到這一步打住剛好。

跟塔兒朵要繼續下去還太早。

她有她的步調。

「這就是真正的親吻。我好高興，高興得好像快死掉了……盧各少爺，謝謝你。」

「不用跟我道謝。這是獎勵，能跟妳接吻，我也覺得很幸福。不過，給妳的獎勵只有這樣就太可憐了。明天，我們出發前到市場逛逛吧。我想送些什麼給妳。」

「怎、怎麼會，少爺肯吻我就夠了，何必費心成那樣。」

「因為我希望那樣。妳再多打扮一下比較好，別枉費妳這麼可愛。」

「……我、我哪有可愛。」

塔兒朵發熱過頭了。

真是個反應有趣的女生。

明天就去找個能讓塔兒朵更可愛的飾品吧。

目前需要休息的不只是身體，還有心靈。

到了王都之後，似乎會有麻煩事。

我、塔兒朵還有蒂雅，都得趁現在療癒跟魔族交戰而疲憊的心靈。

◇

隔天，我們在出發前的時間來到市場。

蒂雅正在戲弄塔兒朵。

照蒂雅的性子，她是懂得看臉色的，不會做出讓塔兒朵真正排斥的事。

蒂雅是把塔兒朵當成好友來珍惜。

「所以說，妳跟盧各討了什麼獎勵呢？」

「那、那是祕密！」

塔兒朵想起昨天的事，一會兒笑一會兒羞紅，臉上忙得很，而且還顯得有些喜悅。

她的本心應該是想要炫耀，也很開心被蒂雅問到吧。

於是，塔兒朵終於低聲說自己討了吻當獎勵，蒂雅便微笑著替她慶幸。

看她們那樣互動真有樂趣。

今天有召開規模較大的市集，相當熱鬧。

攤販也很多，我們就在某間賣飾品的攤販前停下腳步。

匠人的品味及手藝不錯。這看來可以襯托出塔兒朵的魅力，品質也耐用。

跟老闆一聊，對方似乎是在有名氣的工藝店做工。因為目前還不能在店裡擺自己的作品，才會在假日出來賣練習所弄的小東西，一面觀察客人的反應做研究一面賺錢，然後添購能讓自己進步的資料或材料。

既然老闆熱衷於研究，又有這等品味和手藝，我想他的作品在工藝店上架之日不會太遠。

「塔兒朵，妳覺得這裡有的飾品哪一件最可愛？」

「我想想喔，我覺得這款白花的髮飾不錯。」

「很像妳的作風呢。明明就還有更華麗的飾品。」

如蒂雅所說，當中有的是色彩更鮮豔，尺寸更大，形狀更獨特，裝飾更花俏的商品，塔兒朵卻選了白色小花的髮飾。

「蒂雅小姐，這看起來比較溫柔可愛，我覺得不錯啊。」

我重新端詳塔兒朵選的髮飾。

用白色礦石雕出的花朵加以點綴的銀製髮飾。

裝飾極簡，品味卻亮眼。正因為其極簡的風格，更能烘托白花之嬌憐。

有格調。

這款髮飾就跟塔兒朵一模一樣。她不算亮麗的女生，卻還是可愛得令人寬心。

「老闆，我拿這款。」

「送禮嗎？要不要在包裝上加條緞帶？」

「不必，這樣就好。當場要用的。」

我買下髮飾，然後戴到塔兒朵的頭髮上。

不經意間流露的可愛感與她十分相配。

「謝謝少爺。我會好好珍惜的。」

塔兒朵疼愛似的撫弄髮飾。

「就這樣吧……還有，蒂雅妳別那麼鬧脾氣。」

「我又沒有鬧脾氣。雖然比不上塔兒朵，我明明也有活躍卻沒領到獎勵，塔兒朵還領了兩種獎勵，我就一個都沒有，我才沒有因為這樣而難過呢。」

蒂雅的反應恰好跟這些話相反，她看似故意地強調自己在鬧脾氣。

「我也有安排禮物要送妳啊。那需要做一點準備。」

「是喔。我會期待喔。如果你忘記，我就要生氣嘍。」

「我才不可能忘記。因為我喜歡妳啊。」

我點點頭。

送那個的話，蒂雅肯定會高興才對。

張羅材料花了我一些工夫。來這裡之前，我有接到瑪荷聯絡東西已經到手了，所以等我們回圖哈德時應該就會送達。

◇

於講好的時間回到集合地點後，我發現在我們的馬車旁邊，停了一輛尺寸大一圈，而且出自頂尖工匠之手的馬車。

然後，拖著那輛車的則是將犀牛皮膚硬化、肌肉肥大化造出的魔物。

……透過巴洛魯商會的情報網，我得知別領的貴族會調教魔物，還成功利用魔物的力量。

不過，實地看見還是頭一遭。

我一眼就看得出，那頭犀牛的精力與力氣比馬匹高出許多，用牠們拉車便可以比馬車快幾倍抵達目的地。

用魔物犀牛拖的馬車門開了。

有個打扮得顯然是貴族的男子。

「聖騎士大人，此次討伐魔族，您做得實在漂亮。王城裡已經準備好要表揚您的活躍，我們安排了盛大的宴會。還請您改搭我這輛馬車，斯雷普尼爾。」

貴族男子恭恭敬敬地朝我鞠躬。

我認得他。葛蘭華倫侯爵。

對身為男爵家繼承人的我來說，相當於雲端上的人物。

而且，這男的相當有本事。

只要看過舉止，我大概就能掌握對方有多強，而他在這個國家也屬於頂尖高手。

有如此地位與實力的人會專程來接我？

還用上這種隆重而特別的馬車？

更重要的是，他說要表揚我打倒魔族的功績？

王城的人只靠那封信就能判斷我已經殺了魔族，表示事情不尋常。

絕對有什麼內情。

「不勝感激，葛蘭華倫侯爵。我們上車吧，蒂雅、塔兒朵。」

「好的，盧各少爺。」

「欸，這種馬車我有點怕耶。」

……那麼，當中究竟有何玄機呢？

我提出的魔族討伐報告，為何能輕易取信？

難道有監視者躲得過我的法眼？或者說，有用來確認魔族死亡的機制存在？

此外還有幾個謎團。

我不明白有什麼理由要準備這種特殊的馬車，盡早將我帶到王都。

派出像他這樣的人物來接我，大概是為了確實把我帶去王都吧，其中的理由同樣不明。

盡是讓人不明白的事。

我明白的只有一點，那就是不涉足其中便看不出任何玄虛。

謎團接二連三地增加。

不過，在這種時候自暴自棄可不行。把謎團一項一項解開吧。

不知道城裡有什麼在等著我。

我一邊思考萬般狀況一邊搭上了馬車。

「事情越來越有趣了。」

接下來，只要一次選擇有錯就會全盤皆輸。

但是，應付得當的話，女神派給我的工作反而會有進展。

我有這樣的預感。

後記

感謝您閱讀《世界頂尖的暗殺者轉生為異世界貴族》第三集。

我是作者「月夜 涙」。

在第三集，以往隱藏的情報逐漸浮上檯面，塔兒朵更是在各方面都大肆活躍！

另外，新角色出現也讓內容熱鬧起來，請各位好好享受。

在下次的第四集，學園篇班底將再度活躍，這次的新角色也會採取許多行動。

而且，第四集竟然還要推出有附廣播劇ＣＤ的特裝版。我目前正在努力寫腳本，敬請期待！

宣傳

漫畫第一集發售中！皇ハマオ老師執筆漫畫，非看不可喔！

此外，這算幫友社宣傳新書就是了，由ＧＡ文庫出版的《転生王子は錬金術師となり興国する》現正發售中！生在貧窮國家的轉生王子會運用前世知識與鍊金術，不只要拯救國家與民眾，更要重建一個富饒而幸福的國家。這部作品的概念跟暗殺貴族一樣，以描寫帥氣的主角為目標，喜歡本作的讀者們肯定也會讀出樂趣！衷心推薦！

謝詞

れい亜老師，感謝您在第三集也提供了精美插畫。能請到您在百忙之中賣力繪製插畫，我滿懷謝意。每次寫出新角色，我都在期待：不知道れい亜老師會畫出什麼樣的插畫呢？

責任編輯宮川，非常感謝您一如往常迅速且誠懇的照應。

角川sneaker文庫編輯部以及各位相關人士。負責設計的阿閉高尚大人，還有讀到這裡的各位讀者，萬分感謝你們！謝謝大家。

世界頂尖的暗殺者
轉生為異世界
貴族 3
SEKAI SAIKO NO
ANNSATSUSYA
ISEKAI KIZOKU
TENNSEI SURU
恭喜
第3集發售!!
畫了很多
害羞的表情，
真令人開心~~

下集預告
Next
「事情越來越有趣了——」
受邀到聖域的暗殺者盧各
逼近世界的核心！
世界頂尖的暗殺者轉生為異世界貴族
④
The world's best assassin,
To reincarnate in a different world aristocrat
敬請期待!!

©Tanba, Yunagi 2019 / KADOKAWA CORPORATION

最強廢渣皇子暗中活躍於帝位之爭
佯裝無能的SS級皇子背地支配王位繼承戰 1 待續

Kadokawa Fantastic Novels

作者：タンバ　插畫：夕薙

網路超人氣作品，大幅加筆重生！
最強皇子暗中大展身手，支配一切！

無能萎靡的皇子艾諾特被看扁成「優點都被傑出的雙胞胎弟弟吸收殆盡的『廢渣皇子』」。然而，皇子間的帝位之爭越趨激烈，艾諾特終於決心拿出真本事。「操控古代魔法的SS級冒險者」——掩飾真身於暗中活躍的廢渣皇子從幕後支配這場帝位之爭！

NT$200/HK$67

©Nagi Misaki 2019 / KADOKAWA CORPORATION

叛亂機械 1~2 待續

Kadokawa Fantastic Novels

作者：ミサキナギ　插畫：れい亜

吸血鬼公主與機關騎士展開行動，
正義與反抗的戰鬥奇幻故事第二集！

吸血鬼革命軍的屠殺恐怖動亂後過了三週，排除吸血鬼運動的聲勢在國內迅速增長。水無月等人開始調查先前與睦月戰鬥後揭曉的「白檀式」的人工頭腦中之所以有「吸血鬼腦」的真相。然而，全球最大的自動人偶廠商CEO卻突然出現在他們面前……

各 **NT$220/HK$73**

國家圖書館出版品預行編目資料

世界頂尖的暗殺者轉生為異世界貴族 / 月夜涙作 ; 鄭人彥譯. -- 初版. -- 臺北市 : 臺灣角川股份有限公司, 2021.01-
冊 ; 公分

譯自 : 世界最高の暗殺者、異世界貴族に転生する
ISBN 978-986-524-201-5(第3冊 : 平裝)

861.57　　109018348

Kadokawa
Fantastic
Novels

世界頂尖的暗殺者轉生為異世界貴族 3

（原著名：世界最高の暗殺者、異世界貴族に転生する 3）

2021年1月13日　初版第1刷發行
2023年6月19日　初版第4刷發行

作　者：月夜涙
插　畫：れい亜
譯　者：鄭人彥

發行人：岩崎剛人
總編輯：蔡佩芬
編　輯：孫千棻
美術設計：吳佳昀
印　務：李明修（主任）、張加恩（主任）、張凱棋

發行所：台灣角川股份有限公司
地　址：104台北市中山區松江路223號3樓
電　話：（02）2515-3000
傳　真：（02）2515-0033
網　址：www.kadokawa.com.tw
劃撥帳戶：台灣角川股份有限公司
劃撥帳號：19487412
法律顧問：有澤法律事務所
製　版：尚騰印刷事業有限公司
ISBN：978-986-524-201-5

※版權所有，未經許可，不許轉載。
※本書如有破損、裝訂錯誤，請持購買憑證回原購買處或連同憑證寄回出版社更換。

SEKAI SAIKO NO ANSATSUSHA, ISEKAI KIZOKU NI TENSEI SURU Vol.3
©Rui Tsukiyo, Reia 2019
First published in Japan in 2019 by KADOKAWA CORPORATION, Tokyo.
Complex Chinese translation rights arranged with KADOKAWA CORPORATION, Tokyo.